—————— 阅读之前 没有真相

午夜文库

只是丢了手机而已

（日）志贺晃 著
吕灵芝 译

新 星 出 版 社 NEW STAR PRESS

第一章

A

包里传出电话铃声。

上午的网咖格外安静,铃声因此听起来非常刺耳。他慌忙抱起包,一路走向电梯厅。与此同时,他试图掏出包里叫声凄厉的手机接通电话,却看到陌生的来电头像,不由自主停下了动作。是个看起来很顺眼的凤眼黑发美人,身旁还有个咧嘴微笑的男人。

这到底是谁的手机?

他想起是昨晚打车时把这部手机放到包里的,当时还以为是自己的手机,加上醉得晕晕乎乎。这时才发现是把别人相同型号的手机捡回来了。

思索间铃声依旧不依不饶,仿佛在催促他接听。

该不该接呢?

再看一眼屏幕,上面显示出"稻叶麻美"这个名字。

莫非头像上的黑发美人就是稻叶麻美?

想到这里,他突然有了兴趣。确定周围没人后,他轻触一下手机屏幕。

"你好?"果然是个年轻女子的声音。

"你好。"

"你好？"

"你好。"

"你好？"

"你好。"

"你是谁啊？"

原本柔软的声音顿时僵硬了不少，明显是有了戒心。好吧，他该如何回答这个问题？

"明明是你突然打电话过来，却要问我是谁，真是太没礼貌了。"他尝试用了不愉快的语气。

"这不是富田诚的电话吗？"

富田诚？

原来如此，头像上笑眯眯的人是富田诚啊。能找到这么漂亮的女朋友，老实说，他有点嫉妒。

"我不知道这是谁的手机，但知道你是稻叶麻美小姐。"

他没有刻意挖苦。根据目前掌握的信息，要确定这部手机的主人，他只能这样说。

"你、你怎么知道我叫什么？"

突然被叫了全名，稻叶麻美小姐似乎心慌意乱。

"哈哈……"

她的语气实在很可爱，让他忍不住笑出声来。

"有什么好笑的？"

她的声音里终于出现了怒气，明显是因为被冒犯而随时都要跟他吵起来。

"啊，真是不好意思。要问我为什么知道，因为你的名字就显示在手机屏幕上啊。我刚捡到这部手机，正考虑着要不要交到派出所去呢。"

他临时编了段谎话。

无论在学校还是在没干多久就辞职的公司，他都充分发挥了临场编造逼真谎言的才能。

"啊、啊、啊，真是太不好意思了，原来您捡到了富田的手机啊。真是太感谢了。不好意思，刚才我说的话实在……"

"哈哈哈，没什么没什么，我不在意。所以这部手机的主人是你男朋友？"

"啊，嗯……算是吧。"

她为什么没有马上回答"是"呢？

莫非稻叶麻美跟手机主人还没开始谈恋爱？

"那我该拿手机怎么办，还是交给警察比较好吧。不过即使交给警察也很难保证手机会回到你男朋友手上啊。干脆我给你寄过去吧，好吗？"

"啊，那样太麻烦您了。"

"那你要不马上停用这个号码吧。他可以买新的，我这边就随便处理掉好了。"

他觉得对方应该不会这么做，但还是提出来看看吧。毕竟换新机要花钱，旧手机里的资料也找不回来了。

"不行，不行，里面还有不少东西，而且就这么扔掉太浪费了。"

"啊，也是啊。那我该怎么办？"

"那真是不好意思，能麻烦您用到付寄过来吗？"

"可以啊，既然是我捡到了，就帮人帮到底吧。能给我个地址吗？"

用到付就得写上他的地址，这样有点不好，不过到时候可以选寄付，实在不行他还可以拒绝。

"等我问到地址再联系您吧，他也可能会想直接过去取。"

"嗯，那就麻烦你了。"

若是稻叶麻美来取就好了，他实在不想见那个笑眯眯的男人。如果他真的要上门来取，他就把电话扔掉，男人这么想着，结束了通话。

不过这女人还真合胃口，他再次凝视屏幕上的稻叶麻美，心中感叹道。

特别是那头富有光泽的黑发，让他感觉特别棒。女人的性格会体现在头发上，乱蓬蓬又有分叉的头发就算了，要让头发又长又美，必须投入许多精力。看起来她大概三十岁，电话里给人感觉有点强势，不知实际如何。也不知她在哪儿工作，住在什么地方，家里都有什么人。

有没有办法接近这位黑发美人呢？

他试着在密码屏输入"1234"。据统计，这是最为常用的手机密码。顺带一提，第二多的密码是"1111"。

但只听到一声"噗"，并感到手机轻颤了一下。

不知这部手机是如何设置的，他自己那部只要连续十次输入错误密码，里面的数据就会被清空。如果把那种状态的手机还回去，岂不是毫无意义。

这时手机又响了起来。他本以为是稻叶麻美打来的，结果屏幕上却显示"营业三部"。

莫非是手机主人打来的？还是这个"营业三部"的同事给手机主人打电话了？

他为是否接听犹豫了片刻。最后想着稻叶麻美已经答应再打回来，那就没必要接下这通电话，再重复一遍麻烦的解释了。

他从电梯厅回到店内,看见前台系着褐色围裙的兼职员工正百无聊赖地玩着手机。"彩虹网咖"是一家私营的漫画咖啡厅,店内的漫画数量和员工水平均一般,对顾客的身份年龄确认也很敷衍。

男人从兼职员工面前走过,来到入口旁的自助饮料区。

按下咖啡机按钮,冒着热气的黑色液体渐渐装满纸杯。他又看了一眼前台,兼职员工正在打哈欠,正好跟他对上了目光,便很不好意思地移开了视线。男人则拿起冒着热气、味道不怎么样的咖啡喝了一口,随后端着咖啡回到自己的单间,在黑色躺椅上落座。

他又按了一下那部电话的电源键。

屏幕上显示出"10:32",以及他之前看到过的那张合影。右滑,又要求他输入四位密码。

大多数人会把密码设定为自己的生日,或者家人或恋人的生日。

对啊,可能是恋人的生日……

男人转向单间里的台式电脑,尝试检索"稻叶麻美"。

检索页面上出现"稻叶麻美 – 首页|Facebook"。他点击链接,出现一排账号名为稻叶麻美的头像。

刚才那位稻叶麻美是否在里面呢?

有人用正面大头照当头像,有人用宠物照片,还有人用侧面照片……头像多种多样,但他没有找到黑发美人稻叶麻美的照片。

假设他想找的"稻叶麻美"就在这里面,那肯定是没露脸的那几个人之一。从中除去"因幡麻美"和"稻叶亚沙美"[①],再

[①]两者的读音都与"稻叶麻美"相同。

除去没有住在东京的"稻叶麻美",一下就缩减到七个人了。

随后,男人登录自己的 Facebook 账号,逐一查看那七个人的相册。

第一个"稻叶麻美"好像是学生,首页分享了貌似网球俱乐部的合影,年龄跟他的目标不符。第二个"稻叶麻美"是个笑容满面的女性,不过身材微胖,明显不是。第三个和第四个稻叶麻美都标注了旧姓①,估计也不是。第五个人的资料显示她住在东京,是 R 大学的毕业生。只是她的相册里全是食物和旅行风景照,没有本人照片。

男人点开她的"简介",别说地址了,连生日都没写。这个"稻叶麻美"在使用社交网站时很注意保护个人信息啊。要安然徜徉于网络世界,她这种做法十分正确。男人认为,在社交网站上公开个人信息,无异于自杀行为。

虽然这个"稻叶麻美"是个注重信息安全的人,但她的"好友"却害了她。

"稻叶麻美"有三十五个 Facebook "好友"。男人在里面发现了笑眯眯的富田诚。

这么说来,这个账号就是刚才跟他通过电话的"稻叶麻美"了。男人又点开了"富田诚"的账号,发现他经常使用 Facebook,分享了大量照片,还有许多状态更新。

男人马上点开"相册"。

虽然没有两人的合照,但男人在几张聚会和旅行的照片中找到了稻叶麻美。稻叶麻美笑着比出剪刀手,果然非常美。如果是在自己的账号里分享照片,肯定会严格挑选出看起来最好看的。

---

①指女性结婚前的姓氏。

可是在"好友"分享的照片里还能如此美丽，那本人一定特别美。再加上这头黑亮的长发，是个男人都会迷上稻叶麻美。

这么一来，旁边那个一脸傻笑的富田诚就更让人看不顺眼了。这两个人到底是不是恋人关系？

跟女性相比，男性都不太注重保护自己的个人信息。

男人点开富田的"简介"，得知他先后就读于东京都内的 N 高中和 H 大学，目前居住在东京，B 型血，一九八五年十二月四日出生。去机构办理业务时若要提供个人信息，人们往往都会异常警觉，可为何他们又如此轻易地将自己的信息暴露在网上呢？

男人尝试在手机上输入"1204"。手机一下子就被解锁了。

B

麻美挂掉电话，开始思考该让那人把富田的手机寄到哪里。是家里还是公司？但那两个地方她都只知道大概地址，并不知道具体门牌号。

不过还好捡到手机的是个好心人。

刚才她给富田打电话，却突然被一个沙哑的声音叫到名字，吓得她心脏都快停跳了。不过那人竟然愿意抽时间给陌生人寄还手机，这让麻美觉得这个世界还不算太坏。

不管要把手机寄到哪里，都必须先联系手机主人。想到这里，麻美轻点通话记录最上方富田的名字，屏幕马上切换到通话界面，电话拨了出去。

啊，糟糕，糟糕。

麻美慌忙挂掉电话。这么打过去又会是刚才那个男人接到，如果接通了，那个声音沙哑的人搞不好会想：看来把手机弄丢的笨蛋还交了一个同样是笨蛋的女朋友。

此时麻美才意识到自己正处于左右为难的情况中。

麻美和富田家都没有固定电话，而麻美的手机里并没有存富田办公室座机的号码。她又想到可以用Line，可是手机不在富田那里，自然也看不到麻美发的信息。

她看了一眼墙上的时钟，正好十点三十分。

这个时间他应该在公司。尽管有点不情愿，她还是只能往富田的公司打电话了。富田就职于一家有几千名员工的大型家电公司，不愧是大企业，用电脑一查就查到了公司的总机号码。问题在于部门名称。麻美和大多数单身女性一样，会在意单身男性所在的公司，却对具体哪个部门不甚关心。

再看一眼时钟，指针又前进了整整五分钟。再烦恼下去也没用，于是麻美下定决心，用手机按下那家大型家电企业的总机号码。

"请问您要找哪个部门的富田呢？"

麻美也想到了对方会这么问。

"应该是营业部的……"

"本公司共有七个营业部，另有营业促进部、营业业务部、营业企划部，以及战略营业部。"

今年四月富田刚刚调过岗，可是麻美只大概记得是"从什么营业调到什么营业"，因此无法做出回答。

"不好意思，我只知道他是营业部门的，全名叫富田诚。"

"好的，请您稍等片刻。"

手机里传出等待音，总机接线员一定正在查找哪个营业部有员工名叫富田诚吧。

过了三分钟,麻美被转到了营业三部的分机,就听到这么一句:"真对不起,富田目前外出了,不在座位上。"

也不知是不是错觉,麻美觉得说这话的女人声调有点尖锐。

"啊,是吗。"

"您找他有急事吗?"

"嗯,算是吧。"

"那我让富田联系您吧?"

"啊,可以吗?"

"嗯,我打富田的手机让他马上给您回电话。"

不愧是大企业的营业部,处理问题滴水不漏。麻美就职的地方绝对没人说得出这种话。

"不用,不用,我也没那么急。"

要是真让她联系了,就又会打去声音沙哑的男人那里。富田丢手机的消息可能会传遍整个公司,那可就糟糕了。

"等富田先生回公司了,麻烦您帮我转达稻叶给他打过电话就好。"

"明白了。那么,能请问您是哪家公司的稻叶女士吗?"

该怎么回答呢?要回答说"我不是他的客户,是朋友"吗?让别人知道上班时间有私人电话来找,可能会给富田惹麻烦。

"请您转告他,是花山商事的稻叶。"

麻美报出了被派遣的公司的名称。

墙上的时钟指针直逼下午五点。

麻美看了好几次手机,富田一直没给她回电话。

刚才一挂上电话,麻美心里就冒出了不安。富田可能并不知道自己被派遣的公司是花山商事,因为这个公司名有点土气,麻美没怎么跟他提过。

  还有一个可能。就算他猜到花山商事的稻叶就是自己的女朋友稻叶麻美，也可能因为不知道花山商事的电话号码而无法取得联系。而麻美的手机直到现在都没响过，可见富田很可能背不出麻美的手机号码，也没记在某处。只有手机记录了麻美的号码，可手机并不在他手里，就算想联系也联系不上。

  她又看了一眼墙上的时钟，马上五点了。

  不能干等下去。

  刚才麻美主动提出回头再联系，若一直不联系，那个声音沙哑的男人说不定会变卦，把手机随手一扔了事。而且富田这期间可能也给自己的手机打了电话，说不定已经跟那个人商量好怎么取了。

  麻美整理了一下办公桌，拿起手机站了起来。

  她走向走廊尽头，再次点击通话记录中富田的号码。随后她四下张望了一番，把手机按到耳边，听到里面传来呼叫铃声。

  "你好。"

  是她今早听到过的沙哑男声。

  "你好，我是稻叶。"

  "啊，稻叶小姐，您总算打过来了。"

  现在还能联系到这个人，说明富田尚未中止手机业务。这样固然方便，但从安全方面考虑，麻美并不怎么赞同。

  "不好意思，我还是没联系上手机主人……"

  "是吗，那真是太遗憾了。"

  "请问富田跟您联系过吗？"

  "电话响了几次，但不知道是哪儿的号码，我就没接。而且稻叶小姐不是说会再联系的嘛……"

那有可能是富田打的电话，麻美心想，要是他接了电话，事情可能就不会这么麻烦了。可她不能把这种话说出来。

"是吗……"

"那现在怎么办，我要把手机寄到哪里？"

"这个嘛……"

她已经拿到富田公司的地址了，可以请对方寄到那里去。不过就算现在马上寄，他也要等好几天才能收到。

"请问您现在在什么地方？我在丸之内，要是离得近，我干脆直接过去取吧。"

麻美咬咬牙说出了这个提议。她决定直接从男人手上拿回手机，再送到富田家去。只要写张便条塞进邮筒里，一切就都解决了。这样她不但能对捡到手机的男人当面道谢，还能让富田马上拿到手机。应该是最优方案了吧。

"丸之内吗……我现在人在横滨啊。"

"横滨啊……您不是在东京捡到的手机？"

"手机是在东京捡的，不过我今天在外面工作……稻叶小姐，请问您家住在哪里？我马上要回东京，要是顺路，我可以给您送过去。"

麻美踌躇了片刻。

她住在东横线沿线的祐天寺。男人在横滨，准备赶回东京，那两人可以在东横线的某个车站碰头。若选择靠近她家的车站，还能节省不少时间。

只是，随便把住处透露给素未谋面的男性，这样真的好吗？

不过对方这么热心，想必是她杞人忧天吧。

"那就这样吧……我住在东横线附近，可以跟您在自由之丘碰面吗？"

如果只是透露地铁线路，应该没问题吧。

仅靠这点信息对方不可能知道自己的住所其实在祐天寺站附近，而且东横线周边有很多独居女性。要是住处更偏远一些，她可能还会犹豫，不过东横线沿线给人的感觉不错，告诉别人住在这附近也不丢人。

"有没有比较适合碰面的地方啊，我对那块儿不是很熟……"

麻美选择了车站前的一家连锁咖啡店，时间定在一小时后。算上手头还没处理完的事，时间还有点紧巴巴的。

A

一旦真的能见到稻叶麻美，他反倒想得多了。

就这么把手机交出去，当一个"好人"，然后就此离开吗？

男人凝视着富田诚手机上稻叶麻美的照片，感觉这样实在太可惜了。

破解密码后，富田手机里的内容便完全暴露在他面前。

电话簿、照片、各种应用程序，甚至社交平台上的聊天内容，一切都能轻易读取。当然也包括他跟稻叶麻美的Line聊天记录。因为很感兴趣，男人把两人的聊天记录逐条读了一遍。

阅读过程非常有趣，还让他大致掌握了两人的交往过程。

两年前稻叶麻美与富田在某家知名企业共事，不过现在被派遣到别家公司了。两人交往一年多，一起去过轻井泽、冲绳和箱根等地旅游。平时多数在周六约会，然后在富田家过周末。可以说是一对典型的交往一年的情侣。

男人又打开了相册。

照片能提供与文字不同的信息。

只要不人为修改设置，用手机拍摄的照片都会自动存储位置信息。很多人不知道这一设置，在社交网站发照片后暴露了家中地址，导致种种问题，因此最近社交网站都倾向于上传时自动删除位置信息。但若一直不修改手机上的相机设置，手机内储存的照片依旧会附带位置信息。凭借名为"地理标记"的经纬度值，能够确切定位到拍摄照片的地点。

很多张室内拍摄的照片都标记为东京都内的一处位置，其中有两人的合影，还有朋友们一起拍的照片。男人推测这里应该就是富田家了。具体地点在东横线都立大学站和目黑线大冈山站之间一带。

涩谷、代官山、中目黑、祐天寺、自由之丘……有稻叶麻美出现的照片大多集中在东横线沿线。虽然没找到稻叶麻美家的照片，但差不多可以相信麻美所说的"住在东横线沿线"了，她应该没有说谎。

相册按照时间排序。男人心生一念，打开了去年夏天拍摄的照片，在里面发现了貌似在冲绳旅游时的稻叶麻美的黑色泳装照。纤细的腰肢、好看的肚脐、小巧坚挺的胸部，还有那头美丽的黑色长发。是个男人都会想得到这具身体。

让男人吃惊的是，手机里还存有稻叶麻美更为暴露的照片。

不仅双乳，就连修剪整齐的阴毛和更私密的部位都看得一清二楚。而且照片中的她毫无抗拒之意，反倒朝着镜头露出微笑。那头黑发还让他误以为这是一个清纯保守的女人，如此看来，她在两性方面可能态度非常开放。麻美那近乎透明的雪白肌肤，以及与之形成强烈对比的黑色阴毛，在迷恋黑发的他心中点燃了黑暗的情欲之火。他真想亲手触碰那片黑色密林。

拍完这张照片，两人是否马上证明了彼此的爱意呢？又或者这是情事过后的纪念？此时此刻，男人不得不承认这两人确实存在肉体关系。

如此美的一个人，竟配给了这种男人。

男人也见过不少美女，但感觉稻叶麻美的美丽与众不同。能否让这两个人产生分歧，让她转而青睐自己呢？

他已经掌握了稻叶麻美的电话号码。

再加上Line账号和刚查到的Facebook账号，足以帮助他追踪她每天的行踪。然而那都只是远远观望，不能让他靠近麻美分毫。

就算在自由之丘见到了麻美，肯定也无法轻易与她成为朋友。毕竟稻叶麻美是R大学毕业的才女，对象富田也是大学毕业后进入一流企业工作的精英人士。他这种常年足不出户的御宅族，同他们本就不是一路人。

只能……试试那个了。

男人打开自己的电脑，点击一个软件图标。

是专门用来解析手机的软件。苹果手机会在云端保存备份，但用户看不到那些内容。安卓系统则没有这一功能，只能由用户自己保存备份。不过有了这个软件，用户就能把手机内容备份保存在电脑里，也能查看过去的备份数据。

另外，这款软件的卖点是可以查看并保存Line等社交平台上的信息。查看自己手机上的聊天记录当然没什么意义，这款软件多用于寻找留在手机上的出轨证据。

当年还有人通过这款手机解析软件曝光某人气偶像的Line聊天记录，在网上一度引发热议。反正只要具备几个条件，就能随时随地查看手机上存储的社交网络聊天记录。不仅如此，还能获取位置信息，以及利用其他终端查看手机里的照片。虽然这些用途颇具争议性，但并没有违法。防止儿童接触到危险的社交网络，避免痴呆老人出门迷路……这款软件就一直以这类用途为幌子，在网络上公开销售。

不过只要设置一个复杂的手机解锁密码，就无须担心被人植入这款软件了。然而普通人想出的密码，只要共同生活的家人或恋人有心，都能简单破解。

男人把富田诚的手机连到电脑上，输入密码"1204"，然后启动解析软件，将所有信息备份，并保存到了自己的电脑里。

B

那个声音沙哑的男人真的会出现吗？

已经离约定时间过去十分钟了。麻美迟到了五分钟，她本以为声音沙哑的男人已经等在里面了，可她环视店内，却没发现可能是他的人。实在没办法，她便先在前台点了一杯冰拿铁，然后在一个能清楚看见入口的座位坐下来。

莫非见麻美没按时来那人就生气地离开了？还是他突然有事来不了了？

不，归还手机这件事本身搞不好就是一场坏心眼的恶作剧。

她喝了一口冰拿铁，冷静思考了一会儿，心中开始有点不安。对一个素未谋面的人，真会有人如此热心吗？麻美盯着一直紧闭的店门，心中闪过这个想法。

"抱歉，打扰了，请问您是稻叶麻美吗？"

突然被叫到名字，麻美吃惊地回过头。说话的是一位身穿绿色围裙的咖啡店店员。

"对……我是。"

这个店员为何知道她的全名？

"有您的电话。"

店员说着指向柜台。看来是有人打电话到店里来找麻美了。

果真是那个声音沙哑的男人有急事不能来了吗？

麻美站起来，跟着店员走到柜台内侧。一台褐色的固定电话机被埋在各种餐具纸箱中。

"你好，我是稻叶……"

麻美接过听筒说了一句，但没听到回应，却听到通话结束后的电子音。

"不好意思，电话挂断了。"

"啊，太奇怪了，刚才还通着呢。"

店员拿过听筒确认，然后一脸讶异。

"是谁打来的？"

"对方没有报名字。"

这到底是怎么回事？麻美满心疑惑。有谁知道麻美这个时候在这里呢？她只能想到那个声音沙哑的人。

"另外他还说，请把这部手机交给穿红色针织衫的稻叶麻美小姐。您是稻叶麻美小姐吧，没错吧？"

说着，男店员拿出一部麻美很熟悉的黑色手机。

麻美按下电源键，屏幕上马上出现了自己和笑容满面的富田。麻美第一次知道富田把这张照片设置成了手机的壁纸。

"这部手机的主人您认识吗？"店员微笑着问。

"啊，对。"

店员看过手机壁纸吗？如果看过，这让麻美感觉有点蠢，还有点害羞。

"真、真是太感谢了。"

麻美低头对店员道谢，慌忙回到座位上。不过她真正应该道谢的哑声男人究竟到哪儿去了呢？

他为什么没出现？

因为突然有急事，加上麻美迟到了，所以他等不及了吗？

不，他专门把麻美叫到柜台里，还确保她收到了手机，应该不是有急事。搞不好他不想被人当面感谢，才故意让店员代他转交手机。麻美凝视着有乐町车站前那家西点店的纸袋，心里这样想道。她就是为了买这个作为谢礼才稍微迟到了几分钟的。

或许他真是那种不求感谢的好人，麻美不禁想象，平时总能听到给孤儿院捐赠巨款却不愿透露姓名的人物传说，那个声音沙哑的男人说不定就是那种人。

想到这里，她还真想跟他见上一面，心里有点遗憾。

不过，今天一天虽然很焦躁，但好歹是把手机拿回来了，也不失为一件好事。麻美感到如释重负，心头轻松了不少。

该怎么处理这份没送出去的谢礼呢？一个人吃有点太多了，她又不想和富田一起吃。可不管怎么说总得把手机拿给富田。虽然很不情愿，麻美还是决定再给富田的公司打个电话，问他是把手机扔进邮筒，还是他来家里拿。

就在这时，身边突然响起一段从未听过的、感觉有点蠢的手机铃声。

由于不是自己的电话铃声，麻美有点莫名，但目光一扫，发现放在桌上的富田的手机正在震动。再看来电显示，上面写着"营业三部"。

"你好。"电话另一端传来她所熟悉的高亢声音。

"你好。"

"你好？"

手机主人仿佛还不了解状况。

"你好。"

"你好。"

"你好。"

"你好，莫非是麻美？"

"是啊。"

"这、这、这、这、我的手机怎么在麻美那里？我还以为早上出门太急，忘在家里了。"

A

走进麻美说的咖啡连锁店，点了杯拿铁坐下喝了一口，男人便把富田的手机轻轻放在旁边空着的椅子上。随后他假装接到一通电话，煞有介事地站起来，缓缓走出店外。出去之后他就拨通了事先查到的这家咖啡店的号码。

"不好意思，我把手机忘在店里了。"

"请稍等，我去看一下。"

他在门外看着店员去找手机，其间瞥了一眼手表。约定的时间快到了，要是稻叶麻美现在出现，他的计划就会落空。

"找到了，是一部黑色手机，对吧？"

"是的，我等会儿过去取，能请您先帮我保管一下吗？"

"好的，知道了。"

挂断电话，男人再次走进店内。经过刚通过电话的店员身边，坐到了刚才所坐的座位，拿铁还放在面前的桌上。

此时，稻叶麻美晃着一头黑色长发款款走来。

他已经看过许多次稻叶麻美的照片，终于看见了会动的真人。她穿着红色夏季针织衫和牛仔裤，打扮得十分朴素。不过很少有日本人适合紧身牛仔裤，那双腿又细又长，说她是模特都行。

男人在那美貌中沉迷了一会儿，惊觉麻美在环视店内，慌忙拿出报纸装样子。后来他又偷看了麻美几眼，那超乎想象的美貌让他几乎挪不开目光。尽管如此，他也不能一直呆看下去。男人回过神来，再次取出手机。

"我是刚才落了手机打电话来的人，现在刚好有点忙，实在没时间过去取，所以请朋友帮我去拿了。能麻烦你把手机交给她吗？"

"可以，没问题。请问对方叫什么名字？"

"是位小姐，留着黑色长发，穿红色针织衫，名叫稻叶麻美。她说不定已经在店里了。"

他看见店员手持听筒环视四周。

"啊，可能是那位客人。"

"那能麻烦你叫她过来接一下电话吗？"

不一会儿，男人就看到店员过去对稻叶麻美说话。于是他挂掉电话，躲在报纸后窥视。

很快，一脸讶异的稻叶麻美就回到了座位上，手上果真拿着那部黑色手机。看来计划进展顺利，他把手机平安还回去了。男人松了口气，喝了一口已经变温的拿铁。

这时，稻叶麻美桌上的手机突然响了起来。她慌忙接起电话，一开始还很在意周围，把手挡在嘴边，但很快便高兴地笑了起来。见她已顾不上留心周围，男人便也不再假装看报，而是直愣愣地欣赏稻叶麻美靓丽的侧脸。她边说话边随意撩起黑色长发的动作仿佛在演电影一般。

过了一会儿，稻叶麻美挂掉电话，一口气喝光冰拿铁，站了起来。随后她径直出了咖啡店，快步走向车站，再也没回头看过一眼。男人目送她的背影离开，随即也站起来，换到稻叶麻美刚坐过的座位坐下。椅子上还残留着稻叶麻美臀部的温度。

他把富田诚的手机还给了稻叶麻美，但事先在里面装好了可监控社交软件的应用程序。男人拿出平板电脑，打开电源，屏幕上出现了被他设定为壁纸的稻叶麻美的泳装照。他凝视着那张性感的照片，抱起双臂陷入沉思。

接下来该如何接近照片上的女人呢？

富田手机里的信息全都保存在这台电脑上了。男人再次调出富田的Line聊天记录，把他与麻美，以及其他"好友"的聊天记录又都重看了一遍。一条条单独来看没什么意思，但若整体来看就能大致描绘出富田诚的人际关系网。这个男人是否藏有什么秘密呢？出轨、约炮、嫖娼，是男人总会沾上一两样才对吧。

另外，稻叶麻美是否存在软肋呢？

不久前，富田不知为何说想去鸟取。从当时的聊天记录来看，稻叶麻美的老家在鸟取。看来她考上大学来到东京后几乎没回过老家，原因似乎是她的父亲已经离世，留在老家的母亲又跟她关系不太好。

另外，男人认为，稻叶麻美应该住在祐天寺或中目黑。

首先，富田手机中稻叶麻美的照片定位信息多在这两个地方。其次，也是更重要的是，Line聊天记录表明两人经常在祐天寺和中目黑车站前的咖啡连锁店碰头。

他又打开手机解析软件，尝试获取富田的手机位置，也就是稻叶麻美目前的位置。手机现在在稻叶麻美身上，确实如男人所预测，正沿东横线往涩谷方向移动。她是要直接回家，还是到富田家去？

要等一阵子才能知道结论。男人环视周围，确认背后和旁边都没人，点击了桌面上的相册文件夹。打开从富田手机上复制的稻叶麻美照片文件夹，选中他最喜欢的照片。

小巧而形状姣好的胸部，微微翘起的粉色尖端毫无防备地被拍摄下来。照片中的她一手撩起黑发，一手放在腰部，完美强调了玲珑细腰。单腿跪坐的姿势将黑色阴毛及周围部位暴露无遗。其中一条腿的根部有一颗显眼的黑痣。

无论看多少次都很吸引人。

干脆把这张裸照放到网上吧。

男人的脑中闪过一阵冲动，但很快便断了这个念头。这么做没有任何好处。

差不多了吧。男人想着，又查了一下富田手机的位置信息。手机停在祐天寺站附近。男人已经通过照片定位得知富田家在都立大学站和大冈山站之间，离祐天寺有一定距离。

那么，这里恐怕就是稻叶麻美的家了吧。

男人兀自露出微笑，喝干早已冷透的拿铁。

随后他突然想到她的黑色长发可能会掉落一两根在附近，便在桌子周围找了一圈，可惜没有找到。

C

"是谁第一个发现尸体的？"神奈川县警察局刑警毒岛彻向率先赶到现场的下属加贺谷学询问道。

"是一位过来采野菜的女性，七十几岁。这处山谷偏离山道，有八百米深，谁也不会没事跑到这种地方来。不过这地方倒是可能有野菜。"

这个季节蕨菜和紫萁正长得茂盛。在加贺谷这种年轻人眼中这里可能只是一座长满花花草草的山，但对七十几岁的女性来说，这可能是一座宝山。

"好痛！"

"加贺谷，怎么了？"

"啊，没什么，就是被草钩到了。"

毒岛转过头，发现加贺谷正吃痛地甩手。

"那是蒺藜。这种蒺藜的刺可大意不得，沾在裤子上都能疼死人。总之你别去碰。"

"知道了。"

就算是神奈川县境内的山，走进来也不能大意。一旦离开山道进入这样的密林，大自然就会对你龇起獠牙。

"听说尸体被埋在地里？"

"对，坑深约三十厘米，除头盖骨外，全都被埋在里面了。"

加贺谷指向前方，那里拉着闲人勿进的警戒带。几名法医正在里面忙碌，毒岛和加贺谷两人则在现场周边的杂树丛里寻找是否有遗留物品。

"不过，那位老婆婆为何能发现已经半白骨化的头盖骨呢？"

"应该是被野生动物刨出来了。由于无法拖动全身，动物便叼着头盖骨离开了。发现头盖骨的地点在下方五十米处的山谷。"

"有没有衣服或遗留物品可以确认身份的？"

"目前正在搜查，但还没有发现。尸体好像是全裸掩埋的。"

"全裸？"

"没错，就是那个状态。"

"死者的大概年龄呢？"

"二十岁到三十岁，身高在一米五到一米六之间，已经死亡三个月到一年了。"加贺谷看着黑色记事本说。

"是女性对吧？"

"没错，是女性。"

"有没有对照失踪人口清单？"

"正在对照。"

毒岛想，被害者既然是年轻女性，那可能会有人报案。只要查明身份，调查就好办多了。往往只需把被害者的恋人、家人和人际关系筛一遍，就能迅速解决案件。

"毒岛先生，这无疑是他杀吧？"

刚调到刑侦科没多久的加贺谷表情微妙地问毒岛。

"嗯……若只是遗弃尸体，不会专门挖个洞，还把尸体的衣服扒光了埋进去。这里虽然相对开阔，但地下还是长满树根杂草，要挖三十厘米，得费不少劲。做这件事的人不惜费那么大的力气也要把尸体埋起来，想必是有原因的。"

毒岛说着，用鞋尖刨开了脚下的泥土。正如他所言，虽然周围比较空旷，但黑色泥土下根茎纠缠，若不借助锄头铁锹等工具，根本挖不开。

"而且，你看见死者的下腹部了吗？"

"看见了。"

有一条线索警方没有向媒体透露：尸体的下腹部有多次被刺的痕迹。

"可能是带有性侵性质的犯罪，凶手恐怕在某些方面比较反常。"

"凶手是开车把尸体搬运过来的吗？"

"嗯，应该是。"

"他把车停在山路上,然后将尸体带到这里掩埋。假设这个洞是临时挖的,那应该花了不少时间。这样的山路鲜有车经过,虽然相隔一年,但如果曾经有可疑车辆应该会有人记得。我认为这件案子应该先从搜查目击信息开始。"

"是啊。"

"凶手也没想到埋在地里的尸体还会被野生动物刨出来吧。"

虽说这片地属于神奈川县,但只要进入丹泽腹地,就有许多野生动物。这座山里有鹿、野猪、果子狸,甚至还能看到猴子和熊。刑警们进入森林后,鸟和不知是什么动物的叫声就一直没断过。周围还满是蚊蝇等小飞虫,毒岛不得不时而抬手驱赶。

"啊,毒岛先生,请不要动。"

加贺谷说着,绕到毒岛背后,用力一拍他的后颈。

"什么东西?"

"毒岛先生的脖子后面趴着一条蚂蟥,可能是刚才从树上落下来的。不过已经没事了,我给拍掉了。"

毒岛扭着身子,双手拍打面部和颈部,又查看四肢是否还有蚂蟥附着。

"浑蛋,我就感觉刚才被刺了一下,原来是蚂蟥。加贺谷,你没事吧?"

"嗯,应该没事。我身后有吗?"

加贺谷说着转过身,让毒岛查看背部。

"背后没有。你再掀开裤脚看一眼。"

加贺谷闻言掀开裤脚,发现三条肥硕的蚂蟥挂在脚脖子上。

"呜、哇啊——"白袜已被血染红。

"蚂蟥口中会分泌麻痹痛觉的成分,所以你完全感觉不到自己被蜇了。等它们吸得肚子溜圆,就会自己掉下去。"

"碰到这些家伙，袜子根本挡不住啊。"

"对，面料较薄的裤子都不顶用，它们能隔着裤子吸血。下次再来时得涂些防蚂蟥的药了。"

"是啊。"

"蚂蟥出没的深山，算是抛尸的最佳场所了，只不过凶手应该再挖深一点，那样一来就不用担心被野生动物刨出来，从而被人发现了。凶手寻找抛尸地的眼光很不错，可惜手段还不够老到。"

"寻找抛尸地的眼光？"

"没错。加贺谷，你知道最不好侦破的案件是什么吗？"

加贺谷边走边歪着头思考。

"是什么？"

"就是找不到尸体的案件。找不到尸体，案件就不存在，我们警察也就无从下手了。"

"也对。没有尸体，就无法成立搜查本部。"

"没错。加贺谷，你知道平均每年上报到警方的失踪者有多少吗？"

"好像有七万人吧。"

"是八万。据统计，日本警方每年会收到八万件失踪人口调查委托，大部分是走失的痴呆症老人，以及因感情或家庭原因离家出走的，这些不算恶性案件。但其中有百分之五左右是不明原因的失踪者，这些人中大部分很难寻回。"

"百分之五，那就是四千人啊。"

"每年这四千个失踪者里，被卷入谋杀案，却找不到尸体的又有多少？"

"如此想来，还真有点可怕啊。"

"只要尸体不被发现,那无论杀多少个人都不会被抓到。把尸体深埋在地下,是一种传统而有效的藏尸方法。要是我们的这位凶手再多挖十几到二十厘米,恐怕连野生动物也无法刨出来。那样一来,就不会被来采野菜的老奶奶发现,我们警察更不会没事儿跑到这种深山里来。"

"您说得有道理。"

"最近盛传这几年凶杀案降到了每年一千起以下,但反过来想,有可能只是尸体越来越难被发现了。"

毒岛自言自语般说着,从胸前口袋里掏出香烟。最近到处都在禁烟,不过这种深山里应该没人会找他麻烦。

"死者被脱成全裸掩埋,这我有点想不通啊。"加贺谷喃喃道。

毒岛把手挡在嘴边,用打火机迅速点燃香烟,问:"什么意思?"

"如果只是精神异常者的冲动行为,那就没什么问题。这样的人肯定会在哪里露出马脚,最终被我们发现。"

"假设不是精神异常者呢?"

"那就是防止警方查明死者身份而故意为之。而且既然如此,凶手肯定也会小心检查周围是否有被害者的遗留物品。"

"目前确实没有找到疑似被害者遗留物品的东西。"

"这样一来,这可能是个很棘手的案子啊。"

毒岛喷出一大口烟,穿过林间的风很快便把烟雾带向后方。越过干枯的大榉树,能看到相模湾的粼粼波光。

"加贺谷,被害者的头发找到没?"

"当然找到了。"

"哦,那就能做 DNA 鉴定了。"

"嗯,顺带一提,被害者有一头漂亮的黑色长发。"

第二章

A

"你搞到女神卡卡的票了吗?"

"我问了好多朋友,都说搞不到,麻美那边有人买到票了吗?"

"我这边也完全不行,是不是真的搞不到了呀。富田君认识媒体界的人吗?据说这次的主办方是关东电视台。"

男人正用电脑查看富田诚的Line记录,对两人的这段对话很在意。他马上到竞拍网站上去查,发现由于临近演出日,门票已经炒到高出原价十倍的价格,但至少还能买到。

再看看富田更早以前的聊天记录,男人发现他确实在想方设法搞到门票。

但真正想去看演唱会的人似乎是稻叶麻美。

有谁知道和我们大学同年,后来去了关东电视台的山田宏的联系方式吗?我想问他能不能搞到关东电视台主办的卡卡女神的演唱会门票。

富田还在Line上发过这样的消息。但遗憾的是,没有人知道山田宏的联系方式。

这点说不定能利用一下。

男人登录Facebook，找到富田的主页。仔细查看了一遍"好友"列表后，确认里面并没有关东电视台的山田。随后男人在Facebook检索栏里输入"山田 关东电视台"。有的人会想办法不让雅虎或谷歌这类搜索引擎检索出自己的信息，但很少有人连Facebook内部的检索都屏蔽。其实是有这样的设定的，但那样一来，除了"好友"，别人就都看不到你了。

关东电视台的山田宏似乎并没有使用Facebook。

男人兀自露出微笑，马上着手创建山田宏的主页。

在Facebook上伪装成另一个人完全没有什么技术难度，只要打开注册界面，填写姓名、邮箱地址，再设定密码就可以了。但男人还是先去创建了一个用户名为"hiro_ktv_yamada[①]"的私人邮箱，又到关东电视台官网上下载了电视台吉祥物的图片设定为头像。接下来就是输入详细个人信息了，他只添加了H大学毕业和在关东电视台上班这两项。

然后，他就向富田发出了"好友申请"。

操作到这里，他突然想来杯牛奶咖啡，于是从冰箱里拿出盒装牛奶，又找到速溶咖啡粉罐和带花朵图案的咖啡杯。然而打开超大桶装的咖啡罐一看，粉末已经见底了。

自己在这间屋里住了多久了？

用微波炉加热牛奶时，他无所事事地打开了屋里的电视机，稍微舒展了一下四肢，他又注意到电视旁边的花朵图案简易衣柜。

---

① 分别为"宏""关东电视台"缩写和"山田"的罗马拼音。

他拉开下方的抽屉一看，里面装着白色、红色、米色及黑色的内裤，全都叠成小块。男人拿出最喜欢的米色内裤，轻轻按在脸上，上面还带着西野真奈美的清香。

这间房子原本的主人就是真奈美，男人保留了她的所有私人物品。

除了这些叠成小块的内裤、带花边的胸罩、塞满简易衣柜的衣服，还有鞋柜里都快装不下的高跟鞋和高档提包。这些都是他珍视的藏品。

他很喜欢把西野真奈美的内裤和衣服穿在身上。

但他并不想穿出门。只是贴身穿着西野真奈美的内裤和衣服，就会让他感觉与真奈美融为了一体，会产生强烈的兴奋。男人原本怀疑自己有女装癖，但后来发现只对喜欢的女人的内裤和衣服感兴趣。他也尝试过去外面买女式内裤回来穿，但丝毫感觉不到兴奋，很快便扔掉了。

床也是一件重要的战利品。躺在碎花床单上，仿佛与真奈美同床共枕，会产生难以言喻的幸福感。同理，厨房里的厨具和餐具都能给他特殊的感觉。

这时，电视机里传出的声音吸引了男人的注意。从收集信息的角度来讲，电视机不可或缺。

"昨日，神奈川县丹泽山中发现一具年轻女性尸体，已半白骨化。死者年龄在二十岁到三十岁之间，身高一米五到一米六。据警方推测，该女性已死亡三个月到一年。尸体原本被埋在土地中，后被野生动物挖出，进山采摘野菜的当地居民发现被拖出的头盖骨，马上向警方报案。警方目前正将谋杀案的可能性纳入考量并展开调查。"

电视上出现了这样的新闻。他一开始还以为自己听错了。为什么野生动物能把那具尸体挖出来？不过既然已经被发现，也没办法了。那座山本来是个挺合适的地方，这下再也不能用了。

还有这个房间，恐怕也得尽快搬出去。

虽然很不舍得，但还是要把西野真奈美的家具和生活用品全部处理掉，不过这样一来就不用请人来搬家了，而且只要放弃押金，也不需要见到公寓管理人，直接离开就好。从安全角度考虑，他应该马上行动，回到乡下自己家里乖乖待着就好。

可他还是想待在位于东京市中心的女人的房间里，被许多美好的物品包围。男人格外喜欢现在这个生活环境，感觉就像跟女人同居。而且，藏木于林嘛，像自己这种人，和躲在人烟稀少的乡下相比，还是藏在大城市里更不显眼。住在这个女人的房间里还能方便接收快递。屋里的丰富物资也是无论在网上怎么挖掘都不可能到手的。

微波炉"叮"了一声。

男人捧着冒着热气的马克杯回到电脑前，发现富田已确认好友，并发来了信息。

"感谢你加我。真不好意思，刚成为好友就想求你一件事。关东电视台主办的女神卡卡的演唱会门票，不知你能否搞到呢？"

男人从未钓过鱼，不过鱼儿咬钩的瞬间，钓鱼者恐怕就有这种快感吧。接下来只要缓慢而慎重地把上钩了的鱼拖出来就好。

"我帮你去问问事业部吧。"

"拜托你了。"

从回复的速度来看，富田真的很着急。

要是他马上给出答复，可能显得不够真实。于是男人暂时退出了伪造的山田宏的 Facebook 账号。

男人没有自己的 Facebook 账号，但有好几个假身份账号。要是长时间不上,要用到时可能会显得很可疑。男人趁这个空当逐个登录账号,随便找几条发言点个赞,再发些不痛不痒的话装装样子,维持账号活性。时间一下子就过去了。

他伸了个懒腰,看看手机上的时间,距离上次回复已经过去一个小时了。差不多了。于是男人重新登录关东电视台山田宏的账号,发送新消息。

"今天刚刚开放卡卡小姐演唱会的内部订票,台里员工想要的话可以订两张,你需要吗?"

消息刚发出不到一分钟,对方就回信了。

"真的吗?那麻烦你了,帮我订两张吧。"

"知道了,我马上去订。请把信用卡号、安全码和有效期告诉我。不过这次是先到先得,要是已经订满了,就没戏了。"

富田很快回复了信用卡信息。这样一来就算达到目的了。

男人完全可以不给富田门票,从此无视他。但他还是决定把从网上拍到的高价门票寄给富田。网络犯罪的原则就是不能让对方提前发现自己已遭到侵害。像电脑病毒和蠕虫那种恶意软件,最不容易暴露的方法都是悄悄在目标周围设下陷阱,但不马上发动。为此,初期投资是很有必要的,而且这点金额,很快就能收回来。

他告诉富田,门票一到手就会寄给他,请他告知地址。当然,富田很快便回复了住址和手机号码。

B

"果然女神卡卡真人就是不一样啊。"

"嗯,太棒了。她到底换了几套衣服啊,而且怎么换上的呢？"

"就是啊，最后还是一套几乎要露点的衣服，我都担心她动作太大会走光呢，连歌都没心思听了。"

"你这变态。"

麻美和富田在东京巨蛋观看完演唱会，决定趁着兴头到附近的居酒屋喝一杯。

"不过这次多亏富田君搞到了票啊。真是太谢谢你了。富田诚，干得好！"

得到了麻美的夸奖，富田高兴得像只小狗。

"嘿嘿，这可是为了麻美女士啊。不过话说回来，Facebook还真方便。我到处求人都不如愿，结果关东电视台的老同学主动申请加我好友，一下子就搞到票了。"

"哦，原来Facebook这么方便啊。"麻美吃了一口小菜说。

"嗯，有的人虽然认识，但还没熟悉到会在Line上聊天，只是真有事了还是希望马上找到对方，请他帮忙。维持这种疏松一些的人际关系，用Facebook挺方便的。"

"原来如此。我好久没上Facebook了，不是很清楚这些。"

"麻美也多更新一下Facebook吧，真的挺有用的。"

"嗯，是这样吗……"

"你看今天这两张票，我可都是原价拿到的。要是去网竞拍买，得翻十倍呢。"

"可太厉害了。要不，我也时不时上一下吧？"

店员端来啤酒和毛豆，刚转身要走，却被麻美叫住了。

"可以点菜吗？我要烤鸡肉串、葱鸡肉串、烤肉丸、烤鸡心、烤鹌鹑蛋、烤鸡翅，这些全部各来两串。还有烤鱿鱼。富田君要吃什么？"

店员慌忙掏出本子和铅笔写了起来。

"那我要土豆沙拉。"

情势可谓男女逆转。两人外出时,麻美一直是拿主意的那个人。这样不仅她觉得舒服,富田好像也更放松。

"暂时就这么多吧。啊,能给我拿个烟灰缸吗?"

"对了麻美,上回真是太谢谢你了。要是手机里的东西全都丢了,我可能会丢掉一个重要客户呢。"

富田双手合掌,朝麻美拜了拜。麻美这才想起差点忘记的"富田诚丢失手机事件"。

"对啊,你真该感谢我。我可是去帮你拿手机了啊。还专门跑去买了点心当谢礼呢。虽然最后没送出去。"

"感谢,感谢,太感谢了。等你过生日我一定好好感谢你。"

"你可要十倍奉还哦。不过,怎么说呢,那次最让我失望的是,富田君竟然不记得我的电话号码。"

麻美这一句话让富田的表情顿时阴郁下来。

富田这个人,喜怒哀乐都展现在脸上。而麻美最喜欢看他为难的样子,每次跟他在一起都忍不住想欺负他。麻美觉得偶尔说些嫌弃或任性的话让富田心惊胆战,很有趣。要是他满头大汗地拼命解释,更会让麻美怒火全消,反倒要使劲儿憋住笑。她怀疑自己是不是有点施虐倾向,但反正富田肯定属于典型的受虐性格。

"唉,真是太丢人了,我也一直在反省自己过于依赖手机了。不过你别生气,你瞧,我把麻美的手机号码记下来啦,以后绝对不会出现联系不上的情况。"

说着,富田拿出驾照,证件背面竟写着麻美的手机号码。

"这是什么?不能在这种地方乱涂乱画吧?"

"应该不能吧,可是驾照必须随身携带,就算又把手机丢了,也能联系上麻美啊。"

"话虽如此,可要是你下次把驾照弄丢了怎么办。被谁捡到了,不又得联系我?"

"啊,也对。不过那样也很好啊。你想想,驾照上写着住址,但没有写电话号码。要是我写上自己的号码,恐怕会被坏人利用。但如果是麻美的号码,打过去一听就知道不是驾照主人,应该就不会说什么了吧。其实这次也是,我觉得正因为打去电话的人是女性,是麻美,最后才顺利拿回了手机。"

麻美经常搞不懂眼前这个男人,不知他究竟算聪明还是愚蠢。这时,身穿和服的店员把食物端了上来。

"啊,土豆沙拉好好吃。服务员,你们这儿有什么烧酒啊?富田君还要继续喝啤酒吗?"

麻美这种问法看起来是在询问富田,但其实是在命令他跟自己一起喝烧酒。

"啊,那我也喝烧酒吧。"

"好啊。小姐姐,来一整瓶烧酒,我们兑水喝。"

忙碌的店员很快便端来了烧酒和杯子。麻美动作麻利地把冰块夹到杯子里,接着富田斟满了酒。

"太多了吧?你最近怎么越喝越多了,再这么喝下去,迟早还会把手机弄丢。"

其实麻美自己也喝了很多,却独独如此指责富田。

"要是只丢手机也还好,丢了手机可是连记忆都丢了。话说,我的手机究竟是在哪儿捡到的?"

"不知道。我没见到捡了你手机的人,所以也没问到富田君的手机掉在哪儿了。"

"应该是在出租车上吧。"

"是不是最后一次用完手机后弄掉了？你还记得吗？"

"唔，上次喝得醉醺醺的，啥都不记得了。"富田大大咧咧地说。

这人一定是蠢蛋吧。

"不过我也反省过了，还搞了个找手机的应用程序呢。"

"什么程序？"

"就是这个应用程序。"富田掏出手机，从一大堆应用程序中找到一个绿色的，"麻美手机上可能也有。要是手机丢了，可以使用它的GPS功能找到手机的位置。"

"哦，真的吗？"

富田点开应用，屏幕上马上出现地图，确实显示为两人目前所在的水道桥一带。

"不过这个应用有一点很蠢。要是不手动修改原始设置，就只能在这部手机上查看这部手机的位置。"

"咦，这是什么意思？"

"就是说，假设我弄丢了手机，想查找手机在哪儿，必须先拿到手机才能查。这不是没有任何意义嘛。"

"确实太蠢了。"

"这个应用可能是为了定位老人和儿童的吧，反正要至少有两部手机才能用。所以呢，我就把它设置成可以在电脑上查看了。这样一来，就算我再弄丢手机，从电脑上就能找到它的确切位置了。这个应用在苹果和安卓系统上都能用。"

麻美又觉得眼前这个男人或许不是个纯粹的蠢蛋。

"很不错啊，也把我的手机添加上去吧。"

"可以吗？"

"有什么不可以的?"

"因为那样一来我就能一直用电脑监控麻美所在的位置了。"

"啊,对呀。那你帮我设定成我的电脑可见吧。"

"好的,知道了。下次我设定到麻美的电脑上。"

"谢谢了。那到时候顺便让我也能看到富田君的手机定位吧,这样一来就算再弄丢了也不用担心了。"

"啊,这个有点……"

"怎么了?你又没干什么亏心事,有什么好怕的?"

"不是不是不是不是……"

富田一脸为难,让麻美忍不住笑出了声。

店员又端上来一些烤串。

"啊,不好意思,请帮我追加一份卤大肠。"

麻美点菜时,富田又往半空的酒杯里咕嘟咕嘟倒满了烧酒。等再回过神来,瓶子里的液体只剩下一半了。照这个势头喝下去,手机和记忆恐怕都得丢掉。

"富田君,你喝慢点儿……"

麻美的责备声被旁边那桌食客的吵闹声盖住了。店内不知不觉已坐满了人,每张桌子都像比赛场地般热闹。

"对了麻美,你考虑过那件事没?"

"哪件事?"麻美只得凑到富田耳边说话。

"结婚的事。我一个月前不是向你求婚了嘛,我想和你结婚。"

"啊,哦……"

"啊哦什么啊,你这反应也太平淡了。我好震惊。"

麻美拿起桌上的香烟盒,从里面抽出一根烟。"我可以抽一根吗?"

富田点点头，掏出塑料打火机给她点火。

"哎呀，那个时候富田君不是喝醉了嘛，我还以为你是随口说说的。"

麻美嘴上敷衍着，心跳却越来越快。

"真是的……"

"你想啊，手机和记忆都能弄丢，很可能也忘了向我求过婚嘛。要是富田君早就忘了，我却给你回答，你不觉得很好笑吗？"

"怎么可能忘了，我记得清清楚楚。"富田罕见地认真起来，如此反驳道。

麻美也是女人，对结婚这个词有特殊的感情。眼前这个男人虽然有点靠不住，但不存在什么大问题。跟他在一起确实很开心，两人在床上也合得来。他的工作和学历应该属于甲级丙等，不，搞不好算甲级乙等吧。

"我不是不想跟富田君结婚，只是我觉得，这一辈子只想结一次婚。"

"那当然了，我也不是以离婚为前提向你求婚的。"

"不是不是不是，我不是那个意思啦。结婚不是人生最重要的选择嘛，所以我想慎重考虑一段时间。"

"嗯，话是这么说。"

麻美跟富田诚正好交往一年。

仅仅一年，真能做出如此重要的决定吗？虽然有的人刚认识一周就决定闪婚，可麻美总感觉认识不久就结婚的夫妻离婚率很高。不过交往四五年的也有最终失去对方，结不成婚的。

麻美本来以为自己是那种不会结婚的女人。

相比结婚，麻美觉得一个人过反而更轻松。至少现在她仍觉得自己可以单身一辈子。在认识富田以前她也早已做好了这个准备。

"那不管结不结婚，先跟我父母见一面好不好？"

"啊，见富田君的父母吗……"

"嗯。"

老实说，富田这种爽朗的说法，反而让麻美倍感沉重。

就算见面时不提结婚这两个字，事实上这一行动已经是婚前的准备了。见了他的父母，婚事搞不好会火速敲定。情况似乎已经很紧迫了。

"富田君的父母住在哪里呀？"

"赤羽。"

"好近呢。"

"嗯，所以你只要当散步一样过来就好了。"

"不不，就算住得近，也不可能当散步一样吧。"

"麻美的老家在鸟取吧？"

"嗯。"

"我也可以先去麻美老家啊。"

"不行不行，你这样我会很为难。"

麻美跟父母不太亲，也很少关心亲戚的事。不过富田家不一样，他们家好像是个蛮有历史的大家族，平时跟亲戚也经常走动。麻美根本无法想象要如何在富田的亲戚面前表演"诚的老婆"。

"富田君家里只有一个孩子吧？"

"嗯。"

"你父母多大了？"

"老爸六十，老妈五十六。"

"二老都安好吧?"

"也不算……我妈心脏一直不太好,所以一直叫我带女朋友回家看看。"

"她想早点抱孙子吗?"

"算是吧。"

麻美身为人女,能够理解那种心情,也想尽量配合。可是就这么把婚结了,她总觉得哪里不对劲。

麻美抓起一根烤葱鸡肉串,默不作声地咬了下去。与此同时,富田则先用筷子仔细地把鸡肉从签子上撸了下来。

"唔——富田君,我要什么时候回答你?"

"回答什么?"

"要不要去富田君父母家。"

"这个嘛……一个月内?"

"一个月啊。嗯,我知道了。"

C

在距离第一名被害者三百米的地方发现了第二具尸体。

昨天一场大雨冲走了山上不少沙土。正在周边搜索第一名受害者遗留物品的调查人员发现沙土被冲刷的痕迹可疑,便往下挖了挖,竟然又发现了新的遗体。

"看来是因为鹿啊。"

"鹿?"加贺谷诧异地看着毒岛,不知道他在胡说什么。

"前段时间我找一位很熟悉丹泽自然环境的人询问过,才知道丹泽的生态环境正面临重大危机。"

"面临重大危机?"

"似乎是酸雨和无规划种植林木导致浅山生态系统正处在崩溃的边缘。你看那棵榉树。"

加贺谷闻言，抬头看向早已枯萎的大树。

"京浜工业带的废气快把丹泽的树木全熏死了。丹泽南坡的榉树几乎全部枯死，可见事态非常严重。"

"是吗……这我一点儿都不知道。"

"再加上鹿的问题。"

"鹿？"

加贺谷依旧猜不透毒岛想说什么。毒岛这个人，从外表看就是个平凡的中年刑警，却总有让人难以捉摸的一面。

"没错，鹿。人们一度认为丹泽的鹿会灭绝，可最近几年它们的数量却增长得极为异常。"

"这样吗……不过进山以后我确实看到过好几次鹿，还心想这里好多鹿啊。"

"上回到这里来，我觉得山路特别好走，心里就有点奇怪。这一带长满地竹和华箬竹，应该举步维艰才对。"

"那么，那些植物都被鹿吃掉了？"

"没错，真是暴饮暴食啊。现在这一带留下的草，全是鹿不喜欢的品种。"

加贺谷看了看脚下叫不出名字的杂草。有圆圆的大叶草，有高高的锯齿叶草，品种虽然挺多，但确实找不到竹子那种叶片柔软的植物。

"哦，原来还有这么一回事。"

"一旦失去底部植被，森林就会变成一片秃地。虽然方便人类行走，可一旦有大量降水，就会发生昨天那样的现象。长此以往，森林就毁了。"

加贺谷又认真看了看周围。确实有很多地方一片荒芜，大榉树下的泥土被冲得差不多了，根部裸露在地面上。

"不过这让我们发现了第二具尸体，还是得感谢鹿啊。"

"嗯……"

"想必第一名死者的尸体被野生动物挖出来，也是因为鹿的暴饮暴食导致表层泥土流失。我觉得凶手掩埋时，挖的坑应该比现在要深。"

昏暗的树林深处传来野生动物的叫声。毒岛和加贺谷一脚一脚踩在被雨淋湿的树木根部，往没有路的林子里走去。

"加贺谷，新尸体的法医检查结果出来没？"

"尸体已为半白骨状态，推测在一年到半年前遭到杀害。年龄比较小，可能只有十几岁。"

"比第一具尸体的被害时间要早吗？"

"这个法医无法确定。毒岛先生，是同一个人所为吧？"

"下腹部也有多处刺伤，对吧？"

"对。"

"那很有可能是同一个人了。我们没有把行凶手法透露给媒体，不存在模仿犯罪的可能。这位死者也是被全裸掩埋，周围没有遗留物品吗？"

"据说是的。"

"听说有人目击到了停在山路上的车啊。"

"没错。今早开会时，本部长说已经收到了好几份目击报告。"

"第一具尸体的身份查得怎么样了？"

"还在跟失踪者报告做对比。毕竟没有遗留物品，查起来比较麻烦。我们把牙医治疗痕迹也一并比对了。"

突然毒岛脚下一滑，身后的加贺谷慌忙伸手去扶。可这么一扶，加贺谷也跟着向后倒，不过好在上学时在体育社团，他很快就稳住了身子。

"抱歉、抱歉。"

毒岛不好意思地道歉，更加小心地往前走。

"对了，加贺谷，这次发现的尸体也是一位长发女性吧？"

"对，黑色长直发。"

这时毒岛好不容易爬到了坡顶，他猛吸一口气，停下了脚步。从后面跑上来的加贺谷险些一头撞上他的后背。

"毒岛先生，你不要突然停啊。"

加贺谷抱怨了一声，毒岛却好像完全没听见，而是一脸严肃地盯着不远处。

"毒岛先生，你怎么了？"

"加贺谷啊，你觉得那是什么？"

加贺谷顺着毒岛的目光看去。

"是坑啊。"

是隆起的土堆和细长的土坑。

"你也这么想的对吧，就是坑。"毒岛走到土坑周围，仔细检查。

"是自然形成的吗？"加贺谷也走了过去。

"不可能，雨再怎么大也不可能冲出这种坑。"

坑底虽然长着杂草，但坑壁陡峭且平滑，很难想象是自然形成的。

"那就是谁挖的？"

"应该是吧。可是谁会跑到深山里挖坑呢？"

毒岛跳进坑里看了看。坑深约五十厘米，宽约六十厘米，长度约一百八十厘米。

"好像是不久前挖的。"

从杂草的生长情况来看,这坑大概是一年前挖的。

"你说这种地方为什么会有个这样的坑呢?"

毒岛说完,在坑里躺了下来。稍微缩一缩脖子,就能整个儿躺进坑里。

脸旁边是褐色的土,头上则是一片蓝天,白云悠然飘过。这时加贺谷的脸突然钻进毒岛的视野中,伴随着被他踩散的泥土撒到了毒岛的脸上。要是有人从上面填土进来,不知是什么感觉,毒岛不禁这么想。

"这坑正好能埋一个人啊。"

加贺谷漫不经心的话语让毒岛背后一凉。

"你也这么想吗?"

"话说回来……我还在别处见过一样的坑。"

毒岛慌忙坐起来,盯着加贺谷的脸。

"加贺谷,你说的是真的吗?"

"嗯,应该是在后面的山谷里。"

B

"你打算怎么办?是答应富田的求婚,还是不答应?"

被加奈子这么开门见山地一问,麻美不由得哑口无言。

"麻美这么漂亮,我能理解你珍惜羽毛的心情。可是,一旦我们的派遣合同到期,就要换个地方从头开始了。从求稳角度来看,我觉得应该答应。富田君在大企业工作,性格上倒也不坏……"

麻美和加奈子是 R 大学的同学，不过两人上学时几乎没有交集。后来被派遣到了同一家公司，再次相见，一下子就成了好朋友。麻美的朋友要么早早结婚进入家庭生活，要么进入一流企业成为正式员工，渐渐都不再联系了。唯独加奈子跟她境遇相同，两人可以放松地聊天。而且麻美老家在鸟取，加奈子老家在秋田，同是外乡人，心里都怀有同样的自卑感。两人都靠着一点微薄的薪水在东京生活，便约定每月至少一次像今天这样，找个轻奢餐厅聚餐。

"可是啊……以结婚这一步考虑，富田君就显得有点不可靠了。上回他还把手机给弄丢了，虽然最后我帮他找回来了，可总感觉他这人有点不靠谱。"

"确实啊。不过这方面只要麻美严格管理就好啦。总而言之，男人最重要的是认真和温柔啊。"

麻美给加奈子介绍过富田，并请她谈过对他的看法。

"我确实是因为他性格好才跟他交往的，不过谈到结婚，还是有点为难啊。"

"我懂麻美想表达的意思。一谈到结婚，就得考虑人是否可靠，经济是否宽裕嘛。而且女人在婚姻中得到的好处比男人少，结了婚就不能像现在这样出来玩了，家里的活儿又默认都是女人来干。"

"就是呀，还要跟公公婆婆处好关系。现在虽说只是派遣，可我并不讨厌这份工作……"

"那我觉得你完全不需要着急。我认为，作为奔三的女性，应该以更现实的眼光来考虑婚姻。麻美还有很多希望啊。"

被她这么一说，麻美确实更犹豫了。

先不说会不会实际交往，至少只要派遣到一家新的公司，就必然会结识新的人。所以麻美认为就算跟富田分手了，也不愁交不到男朋友。不过不可否认的现实是，不知是经济不景气还是年龄在增长，她被派遣的公司越来越不起眼了。

这时麻美的手机响了一声，拿出来一看，是有新的Line消息。

"这周末有事吗？"

正是她们正在谈论的富田发来的。

麻美想在桌子底下偷偷回复，但觉得有点对不起加奈子，便没有理睬富田的信息。此时，服务生端来了她们点的意大利面，两人小声欢呼起来。加奈子点了龙虾肉、鱿鱼、蛤蜊肉配墨鱼汁的海鲜意面，麻美则点了鸭腿肉和白芸豆酱汁通心粉。

"哇，好棒，墨鱼汁果真冲击力十足。"

"就是啊，我在网上看到就特别想吃来着。"

说着加奈子拿出手机，对着那盘漆黑的意面拍了一张照片。

"你又要发到Facebook上吗？"

"是啊。"

加奈子熟练地操作着手机，很快就把刚拍的照片分享到网络上了。

"加奈子的Facebook内容好丰富啊。我经常去看，看到你分享去哪里、吃了什么，还挺开心的。可你更新得也太频繁了吧。"

"越多人来看，才越有干劲啊。"

"这样啊，那收到很多'赞'是不是很高兴啊？"

"嗯，特别高兴。要是有人评论，就让我感觉更亲近。普通博客的话，我可能不会这么努力更新。"

麻美工作时，只要有空就会去看加奈子的Facebook。加奈子每天都会分享好几张新照片，拍自己去了什么地方玩，吃了什么好吃的。不过麻美很难理解，她这么做究竟能得到什么好处。

"等会儿我们再拍张合照哦。"

麻美突然有点犹豫。虽说已经习惯了跟加奈子吃饭时她对着饭菜大拍特拍,但自己从未入镜过。

"为什么?"麻美不禁询问。

"最近我看上一个人。"

"在哪里认识的?"

"Facebook 上。"

"啊,怎么回事?"

"你知道从咱们大学毕业后到 M 商事工作的武井吧?"

"啊,知道。咱们大学的毕业生很少能进 M 商事的,当时他还引起了不小的话题呢。"

听到这个久违的名字,麻美努力强装镇定。

"对,就是那个武井。我很久以前就和武井互加了 Facebook 好友,然后他有个朋友,经常在我的状态下面评论。"

加奈子丝毫没有察觉到麻美的异样,边说边把漆黑的意面送进嘴里。

"哦,嗯……"

"一开始我还觉得那人挺恶心的,不过后来有点好奇,就看了一眼他的资料。"

"然后呢?"

"然后我发现那人颜值还不错,而且还写着东大毕业呢。"

"哇——不过 Facebook 上的个人资料是可以瞎编的吧。"

"没错,所以我就在网上,假装不经意地跟武井打听了一下那个人。"

"嗯,然后呢?"

"结果打听到,那人以前也在 M 商事上班,是比武井资历高一点的前辈。后来辞职了，当上了默默无闻的律师，不过确实是东大毕业生。"

"哦，原来是这样啊。"

看来加奈子很关注东大毕业这一点。麻美她们毕业的R大学其实也很不错，但毕竟比不过东大。顺带一提，富田毕业的H大学比R大学还要低一档。

"武井说他这人有点怪，但绝不是坏人。所以我约了他出来吃饭。"

"啊，真的吗？"

"嗯，真的。"

麻美手中的餐叉就这么停住了，上面还插着通心粉。她听说过已经分手的恋人在Facebook上复合，但没想到身边就有通过Facebook"搭讪"的。

"哇，原来还能通过Facebook结识那种新朋友啊。"麻美生硬地感慨道。

加奈子进而解释说：Facebook原本就是扎克伯格上大学时专门为哈佛学生设计的约会网站。那时用户只能用真实姓名登录，还要填写毕业的大学、高中等信息。最关键之处还是在于个人资料里会显示独身或已婚等交往信息，这是它跟其他社交网站决定性的不同。

"所以，为了不引起他的误会，我要分享一下跟麻美的合影。你想啊，要是在Facebook上看到我在这种适合约会的餐厅吃饭，人家肯定会以为我有对象了嘛。"

"他会注意这么多吗？"

"现在可是我们两个人能否发展成恋爱关系的关键时期啊。我也在仔细观察他的状态，想知道他是个什么样的人。对方自然也会关心这些呀。"

加奈子朝麻美笑了笑，露出被墨鱼汁染黑的牙齿。

"毕竟，没人知道都有谁正看着社交网站上的自己。还有人因为同时分享了同一道菜的照片，出轨暴露了呢。"

"有心人一眼就能看出来啊。"麻美说着把通心粉送到嘴里。浸透了酱汁、口感爽弹的通心粉和绵软的鸭肉搭在一起真是绝妙，不愧是评分很高的餐厅。

"特别是啊，Facebook还有标签功能，要格外小心露脸的照片。不过现在好多人太单纯了，都不注意这一点。"

"什么意思？"

"假设麻美背着富田君去参加男女联谊，其中有个人用手机拍了些照片，还擅自加上标签分享到了Facebook上。这样一来，照片就会自动显示到麻美的主页上。"

麻美嚼着鸭肉用力点头。

"会显示到我的主页上？"

"没错。所以富田君要是来看麻美的页面，就会发现麻美去参加联谊的照片。然后富田君再以这件事为借口拒绝加班，他的职场人际关系就会出现裂痕。"

"唔——照你这么说，这都能算恐怖袭击了。'Facebook无差别恐怖袭击'。"

"最麻烦的事情在于，分享照片的那个人并不知道自己干了坏事。大多数情况下，玩社交网络的人都不知道自己的影响力到底有多大。"

"所以经常会被刷屏围攻，是吧？"

"就是啊。尤其是照片，一旦分享出去，不知道什么地方的什么人会看到。再加上是别人分享的照片，要删除非常麻烦，所以很让人头痛。"

"这样啊。"

"总而言之,你只要看见 Facebook 上出现两个人的合影,就可以直接认定这两人在交往了。相反,你也可以不断分享自己跟男朋友的合影,警告其他女生别对他出手。另外,Facebook 资料里也有表示自己有对象的状态选项。"

"感觉好像初中生一样,不觉得很丢人吗?"

"是啊,我自然不会干那种丢脸的事。不过麻美,要是你不想跟富田君结婚,我觉得不如认真经营一下自己的 Facebook 啊。"

"可你不觉得很麻烦吗?总是要拍照分享。"

"才不麻烦呢。麻美,把你手机给我。"

麻美解锁了装有花朵外壳的手机,递到加奈子手上。

"先打开相机。"加奈子熟练地点击着手机屏幕,"来,笑一个。"

麻美条件反射地笑了,闪光灯一亮,一张麻美与通心粉的合影就拍好了。

"在相册里选择刚拍好的照片,点击左下角这个方形标志,你瞧,一下子就分享到 Facebook 上了。"

"啊,真的呢。"

"要是想附带文字描述,可以在这里写。"

加奈子把手机递回去,屏幕上显示着"分享到时间线",这行字底下好像还有输入文字的空间。

"我该写什么?在银座吃意大利料理中?"

"这是推特句式吧。不用刻意写很有意思的话,就说正在跟我吃饭,或者通心粉超好吃之类的。"

麻美不是在刻意搞笑，只不过她都是浏览社交网站，从来不发言。于是她认真想了想要写些什么，最后输入"正在银座的意大利餐馆跟加奈子吃饭。通心粉特别美味"，并在加奈子的催促下发了出去。

"这样就算分享成功了？"

"嗯，要看看吗？"

麻美觉得挺麻烦，摇了摇头。

"我回家拿电脑看吧，现在不用了。"

"啊，好吧。"加奈子吃掉了最后一口墨鱼汁意面。

"真的好简单啊。"

"对吧，我一开始也觉得会不会很难，尝试了几次之后，就有点着迷了。"

过了一会儿，店员走过来收拾两人的餐具，正准备点甜品时麻美的手机震动了一下。

她还以为是什么，结果手机上显示出这么一条通知：内藤正及其他五人给你的发言点了赞。

"加奈子，不知道怎么回事，我已经收到五个赞了。"

"对呀，你在 Facebook 上分享东西，马上就会得到回应。"

"这是哪家店？""麻美好久不见，下次一起去吃饭吧。""好好吃的样子……不过麻美还真是一点没变啊。"还有这样的评论。

有生以来头一次收到网络世界的"赞"，麻美沉浸在不知是高兴还是害羞的奇怪情绪中，等回过神来，点赞人数又增多了。而且里面还有好几年没见的人，以及住在国外的朋友。

"原来如此，Facebook 就是这样把人们联系在一起的呀。"

看到瞬间就超过两位数的"赞"，麻美觉得能理解加奈子的痴迷了。

最后，手机又不甘寂寞地震动了一下。

"看起来真好吃，代我向加奈子小姐问好。"是富田的评论。

麻美此时才想起，刚才无视了富田发的信息。

与加奈子道别后回到家中，时钟已经指向深夜十一点。

麻美本想马上卸妆睡觉，但心里一直惦记着，就打开电脑登录了自己的 Facebook 账号。

"赞"竟然有十五个了。

其实麻美几年前就创建了 Facebook 账号，但平时只会看看加奈子等好友的页面，从来没发表过任何东西。过生日时大家会给她发祝福消息，麻美也会给关系好的"好友"回生日祝福消息，但就仅止于此了。

会不会因为一直没发过东西，今天突然分享照片，大家为了照顾她的感情，才纷纷点赞呢？

还是说……虽然不及加奈子描述的那般，但确实点赞的男性中有几个并非对食物和餐厅感兴趣，而是对麻美本人感兴趣呢？事实上，收到的评论里就有约她出去吃饭的，还有称赞她美的。正好她最近心情有点低迷，久违地被人这么吹捧一番，确实非常受用。

麻美有点好奇，便打开了自己的"好友"列表。

她发现"好友"列表里并不都是现实生活中的朋友，于是回想起当时 Facebook 刚开始流行，自己一接到"好友申请"就特别高兴，马上就"确认"了。

列表里的人好像大多都在频繁更新。

有人只分享吃饭和聚会的照片，有人会分享跟家人孩子一起玩耍的照片，还有人把这里当成工作上的宣传工具，另有一些人一心想获得"赞",辛辛苦苦搜罗了许多有趣的段子。

麻美突然觉得 Facebook 有点像贺年卡。

有人会在贺年卡里附上家人和旅行时的照片,也有人特意装扮成怪异的模样,Facebook 上的分享可能也一样,都有点向他人汇报"我生活得很好"的心理。不过贺年卡每年只能寄一次,手写地址什么的又很麻烦。Facebook 则能轻松更新。麻美一直在有意无意地回避这种社交平台,不过此时她不禁觉得自己应该放轻松些,经常上来玩玩。

趁着酒劲儿,麻美决定再更新点内容。不过,面向这么寥寥几个"好友",到底该分享些什么呢?她试着打开"好友"们的页面寻找灵感。

"我去看××音乐家在巨蛋的表演了,这应该是最后一次有机会看他的演出……"

"这本书很棒,我都看哭了。"

"我去过新宿末广庭啦。"

原来如此,还可以这样啊。并不一定要汇报今天吃了什么大餐或去了哪里旅游。

对了,不如写写上周看的电影吧。她看完后非常感动,而且还在上映,希望更多喜爱电影的人去看。麻美又想照片该怎么办,随后在网上找到了电影海报,直接拷贝下来。

"这部电影太棒了,我打算下线前再去看一次。"

果然,刚发出去,又得到了许多"赞"。

麻美看了一眼时钟,已经十一点半了。都这么晚了,还有这么多人回应,究竟是怎么回事?

麻美觉得越来越好玩了。

她从冰箱里拿出冰啤酒,拉开拉环。清凉的液体流入喉中,酒精瞬间打消了睡意。

机会难得，干脆让更多人看到自己吧。

她点进好友申请页面，发现里面有七个待确认申请。全是不熟悉的名字和头像照片，但麻美不分男女，全部"确认"了。

此外，还有一排"你可能认识的人"列表，里面有好多熟悉的头像。麻美一边感怀，一边从上到下点击"加为好友"。只有第六个人她不知道是谁。

点击头像打开个人资料，大学、高中和籍贯地都跟她不一样。麻美无论怎么回忆都不记得自己见过这个人。似乎因为两人有三个"共同好友"，他才被归入"可能认识的人"里了。

"最近有很多人伪造身份，最好不要随便加好友哦。会有人趁你不注意盗用你的身份，最后把你变成诈骗团伙里的一分子。"

加奈子在意大利餐馆说过这番可怕的话。

于是麻美跳过这个人，只"确认"了自己认识，而且头像是本人的。

她又打开刚加的好友时间线，随意点了几个赞，不知不觉时间已经很晚了。麻美伸了个懒腰，关上了电脑。

A

"正在银座的意大利餐馆跟加奈子吃饭。通心粉特别美味。"

男人打开稻叶麻美的Facebook，发现她竟分享了一张自己的照片。看来她最近去过意大利餐厅，并让加奈子拍了张照片。稻叶麻美以前从未积极使用过Facebook，这回却出现了好几个更新。或许她终于发现其中的乐趣了。

这对他而言无疑是好事。

不知跟她一起吃饭的加奈子是何许人也。

他马上动手寻找加奈子的主页，很快便在稻叶麻美的"好友"列表中找到了。加奈子那里分享了与稻叶麻美的合照，她那头褐色小卷发不合他的口味，不过也算个美人。

加奈子好像是稻叶麻美在 R 大学的朋友。

男人还从资料上看到，加奈子在东京工作，目前单身。从她相册里的大量照片可以看出这个大城市 OL 的绚烂生活。此人好像十分积极更新，账号上有三百多个"好友"。"好友"这么多，说不定能找到合他口味的人。

男人在加奈子的"好友"中筛选出 R 大学毕业的人，再从中寻找尚未与稻叶麻美成为"好友"的。最后他找到四个女人和两个男人，其中两人的 Facebook 处于休眠状态。男人把这两个账号的头像照片拷贝下来了。

若细细检查，就会发现冒牌账号的不自然之处，但看见头像是认识的人，一般人通常不会起疑。于是男人又像假冒关东电视台的山田宏那样，用新的免费邮箱注册账号，在资料里填上跟真人一模一样的信息。随后，他又参考真人的页面，在冒牌页面上发了几段差不多的话。这样一来，就做好了乍一看分不清真伪的假账号。

但如果只是这样，一旦有人检索姓名，就会看到有两个一样的账号。于是男人又在"设定"中将检索范围限定为"仅好友"，并"拒绝"了外链。这样一来，只要他冒充的人不用真账号向稻叶麻美"申请好友"，就不会有人知道这个账号的存在。完成后，男人马上向稻叶麻美发出了"好友申请"。

再多用几个账号申请吧。

男人想到这里，又打开富田的"好友"列表。

稻叶麻美曾被派遣到富田的公司工作，或许也认识其中的几个人。既是麻美的校友，又是富田公司的员工，肯定会让她放松警惕的。更何况富田所在的公司是一家知名企业，社会信誉很高，或许有女性光看到公司名就想加为好友了。于是，男人又从富田的同事"好友"中找到处于休眠状态的账号，同样创建了假账号。

完成以后，男人没有直接发出"好友申请"，而是登录了刚做的R大学毕业生的假账号，把新创建的富田同事的假账号加为了"好友"，算是双重保险。男人从经验中得知，对方的熟人在自己的"好友"列表中，会让一个人的可信度大幅提高。随后他又登录新账号，向稻叶麻美发出了"好友申请"。

C

坑总共有三个。

距离坡顶那个坑八百米远的北侧山谷，是加贺谷看见的第二个坑。这个坑也是正好能容一人躺下，深约五十厘米。随后他们又在东北方向一公里外发现了第三个同样的坑。

"毒岛先生，凶手这是打算再杀三个人吗？"

这个问题毒岛答不上来。

"我们先在地图上标出这三个坑的位置，看它们距离发现尸体的地点有多远。"

毒岛跪在地面上，从口袋里掏出丹泽地图，上面已用红笔标出了发现尸体的两个地点。然后毒岛用蓝笔标出今天发现的三个土坑的位置。

"有什么规律吗？"

一阵沉默。毒岛和加贺谷都死死地盯着地图。几只蚂蟥顺着两人的鞋子往上爬，可他们丝毫没有察觉。

"不好说啊。目前可以肯定的是，发现尸体的两个地点都在三个坑围成的区域内。"毒岛语气沉重地说道。

"是啊，掩埋两具尸体的地点都在这个窄三角形里。"

"发现尸体的两个地方都处在斜坡上，因此泥土流失后暴露了。这两处相距多远？"

"大概五百米吧。"

"是吗……看来凶手并非按等距离来挖坑。"毒岛挠了挠脖子，低声说道。

"会不会因为石头太多，有些地方不适合挖坑呢？"

蚂蟥开始从裤脚钻入裤腿，然而他们依旧没有察觉，而且有更多蚂蟥顺着鞋子爬了上去。

"当然有可能。凶手应该也不会等距离掩埋尸体，这样太容易被发现了。"

"你说得有道理。那这附近……莫非还有尚未被发现的尸体？"

穿过树林的风停了一瞬。

远处传来类似猿猴的野生动物的叫声。毒岛的双眼闪着光。

"加贺谷，我们往发现第二具尸体的地点东侧走走，那一带不是斜坡，应该比较容易挖坑。"

刚才寻找三个土坑的过程中，人到中年的毒岛已被折腾得腰酸背痛，可此时他还是用尽最后的力气站了起来。

"现在去吗？"

听到加贺谷的话，毒岛抬头一看，发现太阳快下山了。榉树林遮挡住了西斜的阳光，周围正在迅速变黑。两人早已远离登山道,现在能不能摸索回去都是个问题。

"第二发现点离这里应该只有几百米,我们过去查看一下地表,马上返回林道,应该就不怕日落后迷路了。"

"不过已经这么晚了,光线不足,现场也看不清楚,明天再去是不是更好?"

如果两人是登山客,加贺谷的意见肯定更正确。毕竟如果运气不好,他们就可能在山上遇难。只不过目标就在数百米开外,明天再来,单程就得花上半天。

"地方不远,还是去看看吧。"

"好的。"

两人再次迈开步子。虽然只需移动几百米,但这里毕竟是深山,他们甚至不知道走的是不是直线。

"下次来还是带上指南针比较好啊。"

"遵命。"

毒岛不顾疲劳,快步走下谷底。

"毒岛先生,你身上又爬上蚂蟥了,先别动。"

加贺谷说完,用手指弹掉挂在毒岛后颈上的蚂蟥。

"又来了。刚才脚脖子被吸过,这回脖子上的血也止不住了。"

"专门带来的防蚂蟥药也不管用了呢。"

蚂蟥最喜潮湿。昨天一场大雨,想必给它们增添了不少活力。毒岛和加贺谷事先在皮肤上涂了防蚂蟥药,不过四处走了这么长时间,汗水已经把药都冲没了。上午还没什么事,下午却有好几十条蚂蟥顺脚爬上来。这些虫子在吸血时还会分泌阻止血液凝固的成分。每次翻起裤脚都能发现新蚂蟥,两人的脚脖子一直血流不止。

"话说你没事吗,据说走在后面的人更招虫子。"

"是吗?刚才我从脖子上摸到一条,吓坏了。"

"你背上涂防蚂蟥药没?"

"背上倒是没涂。"

"那你脱掉上衣,背后可能挂着三四条哦。不过反正没毒,也别太在意。"

听到这里,加贺谷忍不住扭转整个身子拍打背部。此时阳光又黯淡了一些,周围越发昏暗。

"差不多了。"

他们走到了第二发现点东边约三百米的地方。

"地面上没什么石头呢。"

"不过也没有挖过坑的痕迹。"

就在这时,背后传来野兽的叫声。

二人忍不住回过头,却什么也没看见。正要重新迈开步子,背后草丛又传出了动静。周围一丝风都没有,草丛却在晃动,而且应该不是猫啊狗啊这种小动物,而像是藏着大型动物。

两人对视一眼,都没有说话。

毒岛又往前走了一步,草丛再次晃动起来。看来那动物跟过来了。他跟踪过不少人,被动物跟踪还是头一遭。

"话说……"加贺谷说到一半又慌忙闭上了嘴。

"加贺谷,你想说啥。"

"不,没什么。"

毒岛继续在没有路的林子里前进。

"别说一半啊,怪吊人胃口的。"

二人脚步不停。天就快黑了,再不赶紧调查,等太阳彻底落山,周围漆黑一片,恐怕连路都找不到。他们可不想在蚂蟥遍地的深山里过一夜。

"那个……我突然想到丹泽的山上好像有熊啊。"

毒岛刚想吐槽这家伙也太不会讲话了,却看到左前方的草丛突然剧烈地晃动起来。

两人马上停下脚步。

四下无风,那种晃动太不自然了。毒岛和加贺谷定定地看着晃动的草丛,里面好像藏着一头黑色的大型动物。定睛一看,动物的眼睛还在发光,两颗眼珠子正凝视着毒岛和加贺谷。

草丛猛地一颤。

"哇,哇啊!"

被加贺谷吓到的不只有毒岛。藏在草丛里的鹿慌忙逃向山林深处。

"真是的,堂堂刑警别叫成那样。"毒岛强装镇定地说着,自己早已出了一身黏汗。他试着深呼吸,但疯狂的心跳还是不能平息。

"毒岛先生,你不觉得很奇怪吗?"

他又想说什么了?毒岛沮丧地回过头,发现加贺谷蹲在地上,正用手拨开落叶。

"奇怪?"

"你瞧,只有我们站的这里草很矮,还有,你不觉得这块土地很奇怪吗?"

加贺谷说得有道理。

周围的杂草很高,但脚下这块一米见方的土地上的草却很矮。毒岛用脚仔细扫开落叶,踩了踩地面。鞋子下陷的感觉比他想象的要深,确实有点像一度挖开又填上了的样子。

"感觉……底下埋着什么东西啊。"

B

电视机上开始播放最新的音乐排行榜。

麻美在房间里喝着速溶咖啡,思考着跟富田结婚的事。

一个月前,富田说出求婚的话时,麻美就不觉得他是在兴头上随口乱说的。那时他虽然有点醉,但话语中透着认真,而且那个人本来就不是能随口说出这种话的巧舌之辈。

"我认为,作为奔三的女性,应该以更现实的眼光来考虑婚姻。"

但麻美一直忘不了加奈子不经意间说的话。

为了换个心情,麻美打开电脑,手指自动点击了Facebook页面。

自打那天在加奈子的帮助下更新了Facebook状态,麻美的"好友"越来越多。她也给别人点了不少"赞",因此得到的"赞"也成倍增多。每天打开Facebook的次数猛然增加,只要看看各位"好友"的页面,就能打发掉不少时间。

"我今天看了麻美推荐的电影,太可怕了。尤其是最后一幕,吓得我汗毛直竖。"

前几天她发表完看电影的感想,好像真的有人去看了。这人叫小柳守,刚收到评论时麻美一时没认出他是谁,随后想起前几天才确认了他的"好友申请"。

小柳守是她上一家派遣公司,也就是富田那个公司的人事部员工,微胖,看起来很善良。年龄跟富田差不多,无名指上没戴戒指。两人只在派遣面试时说过几句话,麻美并不知道他平时有什么爱好。不过从特意过来评论这点来看,对方或许很喜欢电影。

"你看过那个导演的上一部作品吗？也很吓人。"

看到评论，麻美很高兴，就回了这么一句。

现在，她会寻找各种话题，每周更新两三次，内容以电影和DVD居多。看来这世界上还有不少喜欢电影的人，每次她都能收到将近二十个"赞"。其中也有人像小柳守这样，真的跑去看她推荐的电影，然后回来留评论的。

又有好几个"好友申请"等待她"确认"。麻美现在已经有一百多个"好友"了。她还会在"可能认识的人"里寻找熟悉的名字和照片，点击"申请好友"。今天麻美准备再次从上到下"确认"好友申请，不过看到一个鹤立鸡群的性感外国女孩头像时，停下了动作。

这个可以"确认"吗？

一开始还以为这是哪个外国音乐家想做宣传。麻美很喜欢音乐，如果能看到外国音乐家的信息，"确认"一下也没问题。不过她又想，这个人若出现在"可能认识的人"列表里也就罢了，可她竟直接发出"好友申请"，证明对方是冲着她来的。

这个外国人为什么想加我为"好友"呢？

麻美有点好奇，便点开那个账号，随即大吃一惊。

只填写了性别信息，而且还是"男性"。

跨性别者？不对、不对，这么性感的女生怎么可能是男人。她又点开对方的"好友"列表，看到的东西更让她战栗。有许多阿拉伯文字的姓名，头像照片有手拿自动手枪、面露微笑的阿拉伯士兵；有身穿迷彩服、留着长胡子的年轻人；有双脚被沉重的锁链束缚，盖住头脸摇动黑旗的男人；还有许多貌似游击队队员的头像。

麻美感到毛骨悚然。

她反复确认这个"好友申请"已被删除后，总算松了口气。

网络虽然方便，但走错一步便是无底深渊。她对反政府武装利用Facebook在全世界募集年轻人的事情早有耳闻，可做梦都没想到竟会跑到自己这里来。

麻美慌忙检查其他发出"好友申请"的账号。

都是日本人，而且大多是自己认识的。不过麻美还是有些后怕，决定今后只加认识的人，同时警惕"假账号"，绝不"确认"账号里没有照片的好友申请。

"那部电影我还没看，准备下次租DVD来看。感谢你提供宝贵信息。"

又收到了新评论。

是小柳守回复的消息。麻美不知道Facebook是如何设置的，但只要有人发消息，马上就会推送到手机上。她可以及时与小柳守互发消息，就像使用Line一样。

"请你一定要看看，那位导演的作品不会有错。"麻美马上回复道。

电视上的节目不知何时变成了搞笑艺人主持的深夜综艺。麻美一口气喝掉罐子里的啤酒，呆呆地环视简陋的房间。

屋里有一台小电视，一张单人床，一张放电脑的小桌子和一个简易衣柜。仅仅这么几件家具，就挤得房间里几乎没有落脚之地。而且那个简易衣柜已被塞得鼓鼓囊囊，明明她并没有几件衣服。位于祐天寺的这个廉价的房间虽然名为公寓，但无论怎么看，都只是一座年代有点久远的出租楼里的房间。

人生最大的失败在于没找到好的工作。

R大学虽不算一流大学，但也声名远扬，从这里毕业的女生很多都找到了不错的工作。麻美找工作时，把薪金放在了第一位。学生时代她靠打零工赚些零花钱，但总归不能像住在家里的女孩子那般奢侈，所以她很想在进入社会后，用拿到的薪水尽情享受都市生活。

然而，麻美选择的那家广告代理公司，是个彻头彻尾的黑心企业。

公司声称要全心全意服务甲方，便让员工没日没夜地工作，可出勤表上却只记录一点点加班时间。因为前辈们都习以为常，麻美也只能忍气吞声。但问题在于，公司里的性骚扰和职权骚扰现象也十分严重。

像麻美这样的女性业务员很受甲方大叔喜爱，上司就要求她"时刻陪着客户"。聚餐时她完全被当成陪酒女，去打高尔夫球，还要麻美到对方家里去接。上司不仅对这些事视若无睹，还时常对她说"穿短一点的裙子""你这个妆甲方不会喜欢的"，反而利用她的女性身份扩展业务。

后来甲方那个大叔竟然真的开始追求麻美，她去找上司商量，得到的答复却是："那你干脆给他当情妇吧，那样还轻松些。"每天漫长的工作时间已让她身心俱疲，麻美干脆当天就把辞职信拍到人事部的桌上了。

辞职后她在人力派遣公司挂了个名，虽然能维持生活，但收入骤减。仅靠派遣得来的薪水在东京生活，那可不能有任何奢侈行为。于是，麻美搬出了之前住的公寓，跟一个正好也在找房子的学生时代的好友合租了一套廉价房。伙食费方面她也跟这个朋友一起极力节省，买衣服和上美发店的钱都控制在最低限度。可尽管如此，一旦遇到朋友结婚或突然要花钱的情况，生活费马上就会出现赤字，她甚至借过一点小额贷款。

记得那时她在路上被星探拦了下来，绝望的麻美决定听一听对方想说什么。本以为只是小酒馆在找陪酒女,没想到对方竟说"你对 AV 有兴趣吗",让麻美深深感受到了女性独自在大都市生活的艰辛。

可以说,她一直在经济崩溃的边缘苦苦支撑。

后来总算得到了一笔钱,生活稍微轻松了一些。然而仅靠派遣薪水,一旦生病或派遣结束,恐怕就会立刻陷入窘境。

麻美跟双亲处于绝交状态,不好向他们请求援助。既然如此,要不要跟富田结婚呢?可结婚的事并没有这么简单,结婚不只是她和富田两个人的事情,富田有父母,将来还会有孩子……

A

"富田先生,我经常浏览你的 Facebook,可以的话,能加个好友吗?——真奈美"

男人输入这么一行字,发到了富田的 Facebook 账号上。

几天前,他开始用这个账号给富田频繁点赞,富田也是个普通男人,应该不会拒绝这个西野真奈美的"好友申请"。

在所有自己一手制造的假账号中,他最喜欢这个西野真奈美。头像用的是她留黑色长发时的照片,共有四个"好友",多为男性。他现在住的房间也属于西野真奈美,男人至今都在以她的名义交房租。

这个西野真奈美如果是像稻叶麻美那样的美人,人生恐怕会大不相同吧。就拿 Facebook 来说,单纯因为漂亮,别人就会马上"确认好友申请"。

帅哥都没有这么简单。

男性账号,别人更看重的是就职公司和毕业大学。他也曾冒充为其他男性，企图泡到女人。但女性在这方面警惕性很高，会追问细节，没几下就会露馅。而且，冒充一流大学毕业、在一流企业工作、在网上备受追捧，之后再回到现实中，反而会让他感到落差，变得更加低落。

但是，只要冒充成美人，平时那些口吐狂言的男人就会瞬间退化为一头雄性动物。那些人丝毫不怀疑与自己对话的是个男人，个个都绞尽脑汁献媚求爱，他看在眼中倍感痛快。

小时候，他曾一度觉得自己要是女人就好了。

如果自己是个可爱的女孩子，妈妈可能就会疼爱他了。那时邻居家就有个可爱的小女孩，深受父母宠爱，让他艳羡不已。他认为，是因为自己是个瘦弱的男孩子，妈妈才不爱他的。如果他能变成邻居家那样的可爱女孩，妈妈一定也会疼爱他的。

男人的母亲没有履行养育的责任，而且罹患重度抑郁症。

母亲只说他的父亲死了，他也对那个人没有任何记忆。

亲生母亲对他毫不关心。他因饥饿越哭越凶，她却待在自己的世界里，丝毫不理睬孩子。最终他饿急了，紧紧抱住母亲，她却如同看到了肮脏又麻烦的动物，把还是幼儿的他痛打一顿。

"妈妈，对不起。"这句话他不知说了多少次。

为什么母亲不爱自己？男人不明白缘由，只能一味责怪自己。

Facebook 上收到了新消息。

"谢谢你经常给我点赞。"

正如他所预料的，富田通过了西野真奈美的"好友申请"。

接下来只需慢慢在夸赞中弄死富田即可。

他用这种方法拆散过好几对情侣。

男人无法理解爱情和友情这些东西，他只知道金钱、地位、女性的外貌和肉体。他认为恋爱和结婚就像卡牌游戏，彼此用手头的牌来竞争。而要想在这场卡牌游戏中永远不败,秘诀就是要掌握绝对不会露馅的出千技巧。

他定定地看着西野真奈美的头像照片。

虽然真奈美已经不在这个世界上了,但在Facebook里,真奈美正与许多男人谈着恋爱。他利用这个账号引诱过许多男人,至今还有很多人会因真奈美的一条信息发生情绪波动。

他凝视着真奈美的头像,她有一头又长又直的黑发。

那头长发的颜色和光泽都跟他母亲的一模一样。

B

麻美漫不经心地看着手机,突然收到了新消息。

"你看了文化村小影院上映的新电影没?这周就要下映了,据说特别棒。另外,前几天我在银座的电影院里看到麻美小姐了,当时我想过去打招呼的,不过见你跟一位先生在一起,就没有过去。你还是这么美。"

是小柳守发来的私信。最近麻美在手机上装了Facebook,才知道除了分享照片和文字外,还能单独给别人发送私信。

小柳守似乎彻底成了麻美的粉丝,时常会看麻美推荐的电影。他说是银座的电影院,那么当时应该是和富田在一起。这么看来,难道富田跟她交往的事让同事小柳知道了?

"富田君,你公司里是不是有个人叫小柳守啊。"麻美马上询问。

"小柳?……啊,你说人事那个。"

"最近他说什么没?"

"小柳?没说什么啊。"

麻美本以为小柳在电影院见到了他们，事后会对富田说点什么，看来这两个人不算太熟。富田没太在意麻美的话，看着综艺节目笑得像个傻瓜。

"那部新电影我特别想看，但是这周太忙，应该去不了。要是你去看了，请跟我说说感想。"

麻美刻意没在回复中提起跟自己在一起的男人。

这样的交谈一开始还很愉快，不过最近让她有些顾虑了。

回复得太快会不会显得很失礼？这样写会不会造成误解？他希望收到回复吗，还是只想自言自语？麻美起初从未想过这些，现在却十分在意。事实上，她对小柳说的新电影并没什么兴趣，却不知为何回复了"特别想看"。

想着想着，麻美又点到"好友"列表，看着"好友申请"里的头像照片，心中涌起一阵苦闷。

那个让人怀念的笑容，以及久违的姓名——武井雄哉。

昨天晚上，她收到了这个申请。

武井是麻美在R大学读大一时，在社团里结识的前辈。她对他一见钟情，三天后两人便上了床。武井是麻美的第一个男人，但麻美只是武井众多女友中的一个。不久之后，武井忙于找工作，跟麻美的联系变得断断续续，三个月不到，两人的关系就自然结束了。

前几天跟加奈子在银座吃饭时，突然听到武井的名字，麻美不由得吃了一惊。

当时武井是校内的焦点人物，身边总是围着女孩子。但想必没人知道他竟跟从乡下来的麻美有过一段短暂的男女关系。事实上，连同一个社团的同学都不知道此事，而当时麻美还不认识加奈子。而且，麻美一直不喜欢闲聊男女关系，除非是特别好的朋友,她才会说起自己的恋爱经历。

后来,武井进入所有人都憧憬的M商事工作,听说一毕业就去了纽约,不过看来现在已经回到了东京。他跟经常上Facebook的加奈子很早以前就是"好友"了,而麻美最近才开始更新,武井可能是发现了麻美,才发出了"好友申请"吧。

麻美打开他的页面,看到他在纽约跟外国人的合影,还有貌似最近去过的高级法国餐厅的照片。看来武井还跟以前一样,过着丰富多彩的日子。他的资料上写着"未婚"。

可以用一句轻松随意的"好久不见"来回应武井的"好友申请",但麻美还是有点犹豫。

确认了"好友",会不会发生什么事情?

要是武井提出见面该怎么办?眼下自己还在犹豫要不要接受富田的求婚,武井突然冒出来,让人有些难以承受。看到这个久违的名字的瞬间,麻美发现自己其实还沉浸在那段感情里,没有走出来。

其实就算确认了申请,也可能不再有进一步交流。一切可能只是瞎操心,因为绝大多数"好友"都不会单独发消息过来。另外,虽然麻美特别在意他,但她绝不会主动发消息的。所以,就算点了"确认",也不一定就会发生什么事。

麻美将手指移至"确认"键,准备按下。但最终还是没有按下去。

是什么让自己如此犹豫?

对富田的罪恶感?

作为曾被甩的女人的自尊?

不管是什么,总之,麻美感觉,如果现在跟武井见面,生活将发生重大变化。

"遵命,麻美队长,事后向您汇报。"

这时小柳又发来了消息。他的回复速度依旧很快,却让麻美的心情更忧伤了。

富田还在看着综艺节目哈哈大笑。

"富田君啊,口渴吗?"

"不渴。"

"是吗,我觉得你一定口渴了。"

富田这才总算把目光从电视上移开,看向麻美。麻美冲他露齿一笑。

"知道了,我给你冲咖啡还不行嘛。速溶的行不?"

"不要。"

"真是的。"

富田咕哝着站了起来。麻美马上占领了富田的座位,盘起腿来看电视。一对当红相声组合正在拿无聊的演艺圈八卦当段子讲,内容没什么营养,麻美也轻松地笑了起来。没一会儿她就闻到了一缕咖啡的清香,面前马上出现了一只白色咖啡杯。

"糖和奶呢?"

"不要。"

麻美双手捧起咖啡杯,醇美的香味顿时充满鼻腔。

为了省钱,麻美在家只喝速溶。不过来富田家时富田每次都会专门磨豆子,给她冲咖啡。这是麻美在自己的那间狭小出租屋里绝对享受不到的奢侈。这种时候她就会想,干脆跟眼前这个男人结婚好了。

"麻美啊,我问你件事,不行就算了。那个……你能借我点钱吗?"

"啊,为什么?"

麻美怀疑自己听错了。她问他借钱也就算了,怎么高薪一族富田反过来要向她借钱啊?

"等发了奖金我马上还给你。"

"发生什么了?啊,你又去赌马了对吧?"

麻美对富田的求婚心存犹豫的另一个原因就是他很大手大脚。工资很高,但几乎没有存款。之前在柏青哥店输了一大笔钱,就曾跑去找麻美哭诉。虽然麻美认为,这种事只要婚后财政大权由自己掌握就能解决,但是不让他彻底戒掉赌博的坏习惯,还是很成问题。

"没有、没有,那次之后我就再没玩过赛马了。"

"真的?"

"真的。其实是……我收到了奇怪的账单。"

"奇怪的账单?"

"嗯,信用卡账单突然有几十万日元,我完全没印象花了这么多。显示我买了很多家用电器和手表,我不记得买过这些啊。"

"这是怎么回事。"

"肯定是信用卡的安全码泄露出去了。我马上把那张卡停掉了。"

"啊,可这些钱,你必须付吗?"

"如果是信用卡丢失或失窃,报警就好。但信用卡诈骗就有点复杂了,好像必须先把账单都付了,才能进行后面的操作。"

"啊,怎么这样……"

"然后要信用卡公司展开调查,确定是遭到了诈骗,之后就会把钱退回来。总而言之,如果不先还清账单,就会被当成拖欠款项,记入黑名单。"

当信用卡使用者遇到诈骗等非法行为时,最终会由保险公司赔付其受害金额，然而这么做的前提是要明确证明信用卡被非法盗用。如果盗用时输入了只有持卡人才知道的四位密码，就有可能不适用盗刷保险。

"所以说，别用生日做密码啊。你的账单有多少？"

"这周内要还八十万日元。"

"八十万？太吓人了。你是在哪儿弄丢了信用卡吗？"

"唔——倒是可以查一查，毕竟网上购物都要输入信用卡的安全码啊。"

"八十万也太多了，要是二三十万，我就借给你了。"

"也对……算了，我找别人借。这事你就忘了吧。"

说完富田低下头喝起了咖啡。

真的没问题吗？

他该不会上哪儿都借不到钱，最后去搞小额贷款吧。

麻美看着富田那不可靠的侧脸，突然担心起来。

一旦借了小额贷款，记录会保留一辈子。麻美以前就借过，虽然把钱还清了，但名字被记录在案了。如果两人结婚，财产就是共同的了，既然如此，为了防止他留下小额贷款的记录，是否该把钱借给他呢？确实，只要拿到奖金，区区八十万他可以一口气还清。或者干脆以麻美的名义来借小额贷款？

可她还没决定要不要跟这个人结婚呢。

"富田君，你没有存款吗？"

"我有五十万左右，所以只要再有三十万就够了。"

听到这里，麻美不禁有点失望。就这么点儿存款，他也好意思向别人求婚。

"能不能跟公司解释一下，预支一点钱呢？"

"唔——我去问问吧。"

C

"毒岛先生,那边树上会下蚂蟥,这边应该没问题。"

"哦,谢啦。"

两人在天完全黑之前发现了这个地方,稍微一挖,果然挖出了一具全裸的黑发女性尸体。

"喂,小心点。"现场取证人员提醒工人道。

现场所有人都穿着厚实的长袖长裤,毒岛还在里面加了一层厚秋衣,防止被蚂蟥叮。戴着手套,脖子上卷着毛巾,扣着帽子或安全头盔,这下蚂蟥几乎无处下嘴了。爬上山又挖坑,再加上初夏阳光的暴晒,所有人都出了一身汗。

尸体还散发出难以言喻的恶臭。

有的工人实在受不了,跑到树下呕吐起来。毒岛强忍恶心,同样很不好受。

"加贺谷,之前那两名被害者的身份搞清没?"

"还没。"

"怎么这么磨蹭。"

"没办法啊,调查本部那边也直挠头。"

"在山路上目击到车辆的信息收集得怎么样?"

"好像已经收到二十多条目击信息了。"

"二十多条?这种深山老林的山路上怎么会有这么多目击者,附近有钓场吗?"

毒岛展开带来的地图,查看周围是否有河流。

"具体还在查呢。目击信息太多,所有人头都大了。而且只是看到有车子,却没人看清车子的型号或车牌号码,也没人记得看见车辆的日期,或者跟司机有关的信息。"

毒岛先在地图上用红笔圈出了第三个尸体发现点。

"您想到什么了？"加贺谷边看地图边问。

"从这里到能开进车的山路，步行大约要二十分钟。"

"嗯。"

"若扛着沉重的尸体，一个男人大概需要三十分钟走到这里。而且这林子里这么多蚂蟥，一般不会有人跑去没有路的地方。"

"对啊，来这里简直就像给蚂蟥送饭一样，更别说附近还有熊。"

毒岛想起山路边竖着一块写着"熊出没！注意"的牌子。

"我们还在附近发现了三个土坑，凶手极有可能事先到这里挖了好几个坑备用。"

"那看来凶手也动过脑子，知道不能把尸体扔在一边临时挖坑。提前把坑挖好，接下来只需把尸体埋上即可，花不了多少时间。"

突然灌进一阵风，吹动了毒岛脖子上的毛巾。风里有股草腥味儿。

"你也这么想吗？"

"嗯。"

"换言之，凶手并非一时冲动杀人，慌忙挖坑掩埋，而是先把坑挖好，杀掉人后再一个一个埋进去。"

"这样想比较顺理成章。"

"那这就是典型的秩序型连续杀人了。"

"秩序型？你是在做侧写吗？ＦＢＩ一度热衷的调查方法。毒岛先生还是侧写专家？"

"不不，我只是读过几本书。"

毒岛点燃一支香烟，又把放烟和打火机的袋子整个儿扔给加贺谷。

"啊,谢谢。"

加贺谷凭空一抓,也迅速点起一根。两人喷吐的烟雾在这连自动贩售机都没有的深山里渐渐消散。

"这起案子日后肯定会有专家仔细分析。简单来说,凶手大致可分为秩序型和无序型两种。解释起来也不复杂。情绪爆发下袭击被害者,扔下尸体就逃走的属于无序型。而事先订好计划,屡次犯罪又基本不会留下任何证据的是秩序型。连环杀人主要分成这两种,其实真要说起来,所有事不都分为这两种吗。"

"这个凶手,专门跑到这种深山里把坑挖好,那想必是相当周到的人啊。"

"没错。秩序型犯罪比无序型犯罪麻烦得多,毕竟凶手事先有计划。像这个案子,物证就极为匮乏。我们地毯式搜查了这么久,却还没找到能确定凶手的线索,甚至连被害人的身份都确认不了。"

"凶手是出于这方面考虑,才把被害人的衣服都脱光的吗?"

周围飞满小虫,毒岛边驱赶边说:"嗯,很有可能。这种类型的凶手智商较高,往往也十分适应社会生活。最终逮捕后,通常会让人感叹,没想到那样的人竟会犯罪。

"无序型凶手想去攻击被害人的人性,而秩序型凶手是想独占被害人。"

"独占?"加贺谷略显疑惑。

"就是希望被害人身心屈服,希望将其完全据为己有。他们一般不会马上杀死被害人,甚至有人穿着被害人的衣物,住在被害人家中,以此获得快感。"

"您连这些都知道啊。"

"嗯，这种类型的凶手会极有耐心地做好准备，再出击。他们不会简单地杀害被害人，通常会用各种方法折磨他们，让被害人陷入极度恐慌，并从旁欣赏。而我们这起案子，我认为极有可能与性快感相关。"

"性快感？"

"把被害人的衣服全部脱光，一是为了消灭证据，同时也可能出于某种性方面的理由。不过关键在于下腹部的多重刺伤。"

"那里隐藏着能显露凶手特征的关键吗？"

"太专业的东西我不懂，不过这种程度还是看到过的。用这种方法杀人的凶手，性癖大多不正常。"

毒岛猛吸一口烟，烟草燃烧发出滋滋声。

"我们发现了三个没埋人的土坑，又发现了三个埋着尸体的土坑，加贺谷啊，你觉得凶手一共挖了多少个坑？"

两人又看向摊在地上的地图，上面有三个蓝色圆圈和三个红色圆圈。

"多石地带和陡坡上应该不太好挖。嗯……第一具尸体掩埋地周围，这附近，再有就是山谷边缘比较有可能。"

"我也这么想。第一具尸体掩埋地离山路步行需二十分钟，看起来不像是凶手首选的地方，会选离山路更近的地方吧。"

"有道理。"

"这山上到处是蚂蟥，只要不是无可救药的受虐狂，任谁都会想赶紧搞完手头的事情，尽快离开吧。既然如此，我觉得凶手应该会从更靠近山路的地方开始掩埋尸体，也就是这附近，加贺谷你怎么想？"

"我的想法跟您一样。"

"那做好准备没？"

"啥准备？"

毒岛在树干上摁灭香烟，把烟头揣进口袋里。

"被蚂蟥叮的准备。来回在这一带看看，恐怕抹多少蚂蟥药都不能幸免哟。"

"啊，蚂蟥倒是没什么，我更担心熊。"加贺谷说完，用鞋底蹭灭了香烟。

"这不就是为它准备的嘛。"毒岛摸摸腰间的手枪，咧嘴一笑。

"朝熊开枪的话，要不要写检讨啊？"

毒岛摊开双手，歪了歪头，没回答。

"不过，假设毒岛先生的预料没错，那这一带到底埋了多少尸体啊？"

"这个嘛……一、二、三、四、五……"毒岛盯着地图小声数了起来。他数了三遍，才自言自语般地咕哝道："粗略估算……得埋了十个人吧。"

第三章

A

日本人的安全意识很差。

这个国家基本是单一民族,四面被大海环绕,又有堪称全世界最优秀的警察,因此国民一直警惕性很低,倒也很难出什么大事。只是,网络世界就不一样了。

比如将银行密码设定为自己的生日,就跟喝得烂醉的女性深夜独自走在街上一样危险。除了生日,同样危险的还有电话号码、门牌号、车牌号……反正如果密码只是数字,只要有心就能破解。而且,假设密码只有四位,每组号码用时一秒钟输入,那么从"0000"到"9999"全部尝试一遍,也只需一万秒。换言之,不到三个小时就能破解。更何况还可以借助软件来完成这项操作,就只有时间问题了。

Facebook可以选择用电子邮箱或电话号码登录。男人在登录页面输入了稻叶麻美的手机号码。

问题是密码。

直到现在还有很多人使用"123456"或"abcdef"这种简单密码,而这种人自然首当其冲会被盗。

基本上所有网站都会推荐用户使用不单是数字,而是由数字和字母组合成的密码。数字只有"1"到"9",但字母足足有二十六个。再加上大小写,就有五十二个字符。若加上符号那就更难破解了。不过,尽管这种组合密码很难破解,但反过来说,人们基本上也不会设置完全没有规律可言的密码。因为很难记。这样一来,一般人能想出的字符组合,也就限定为那么几种模式。

asamin1987@yahoo.co.jp

男人从富田的手机上找到了麻美的邮箱地址。

asamin 无疑是麻美的名字[①],"1987"可能是她出生的年份。麻美的生日是一月八日。男人在富田的 Line 聊天记录上看到过生日祝福,相册里还有一月八日两人跟蛋糕的合影,不会有错。

有一次,网上接连曝光斯嘉丽·约翰逊等一众好莱坞女星的裸照,策划此事的罪犯后来坦白,自己是从女星们公开在社交网络上的爱好、喜欢的球队、家人和宠物的名字中推断出了她们的密码。这种使用与本人相关的特征来破解密码的方法被称为"字典攻击",是黑客常用的手段。

asamin、asami、inaba、isshy、ina、ine。

男人推断稻叶麻美的密码中含有这类字符串。[②]

如果对方是从事安全相关工作的人,他还会加上这几个候选:password、pass、admin、user。

不过稻叶麻美只是个派遣员工,应该不会使用这些组合。

多数人会将字母与数字的组合设为密码,因此男人又把稻叶麻美的生日、电话号码、门牌号等信息组合进去尝试了一下。顺带一提,有好几种方法能够查到一个人的住址,这回他用了"外

[①] "麻美"的拼写是"asami",后面加"n"为亲昵称呼。
[②] 以上几种拼写皆与"稻叶"或"麻美"的发音有关系。

卖披萨店"。男人推测稻叶麻美住在祐天寺,就往那一带的披萨店打电话叫外卖。这种外卖披萨店,只要叫过一次,住址就会被店家记录下来。不出所料,他一报"稻叶麻美"的名字,店员就殷勤地说了一遍地址跟他确认。

对付一般女性,只需这种程度的"字典攻击",就能破解密码了。

事实上,男人已经用这个方法登录过好几个女人的 Facebook 账号了。不仅能看到与"好友"的私聊信息,还能伪装成账号主人,给"好友"发送信息。当然也能发布新动态,展示给所有"好友"。确实,账号主人只要看到就会发现不对劲。但如果登录后立刻修改密码,那就连账号主人都没办法了。

可他无论尝试多少次,都无法破解稻叶麻美的密码。

男人已经把从富田手机数据中查到的稻叶麻美的兴趣爱好、籍贯、毕业大学、被派遣的公司等信息都用来破解密码了。而且男人还发现了一件搞不懂的事,麻美的手机邮箱账号是 mina0709。这个 mina 究竟是谁?"0709"又有什么含义?可能是家人或朋友的生日吧,总之他把这串数字也尝试了一遍。

还是不对。

为什么?

区区一个 Facebook 账号,有必要设置如此复杂的密码吗?还是说稻叶麻美的自我保护意识比其他人更强?男人边敲键盘边想,只要破解了这个,那个女人在他面前就形同裸体了。

B

"有人试图从陌生终端登录您的账号。若并非您本人操作,请点击以下链接重新登录，并确认账号是否存在异常。若忘记密码，请点击此处。"

下午两点，麻美收到这么一封邮件。

明明只在眼前这台公司电脑、家中的电脑和手机上登录过Facebook。

那就是有人企图盗用自己的账号。

是谁？

目的何在？

麻美突然心生恐惧，扫了一眼花山商事的办公室。会不会有人一直监视着自己？会不会有人注意到一个派遣员工上班时总是无所事事地摆弄手机？坐在窗边的部长正忙碌地敲击着键盘，麻美没发现有人在监视自己。

麻美振作精神，在密码栏输入sayuri0709，登录了Facebook账号。她看了一眼时间线，最新发言依旧是电影相关那条。其他也没有可疑之处。

这说明那个人只是试图盗用，但并没有成功？也可能哪个人的账号跟自己的差不多，一不小心输入错误了？

一定是这样。

虽然麻美心里这么想，还是决定保险起见，换个密码。

她找到"账号设定"，点击"普通设定"，选中"密码"，先输入了旧密码。

sayuri0709

麻美觉得这个密码肯定没人能猜出来，可万一有人把这个人名跟生日组合起来深究，事情可就糟糕了。

她决定稍微改一下。

麻美决定保留sayuri，把数字部分改掉。可她不想使用电话号码或门牌号，怕泄露自己的真实信息。最终她决定，继续用生日，但换成跟sayuri这个名字不相关的生日，也就是自己的生日："0118"。

这样一定不会被猜到吧。

再说，这又不是网银密码，只是Facebook密码而已，根本不必如此紧张。麻美深呼吸了一下，轻轻晃了晃脑袋。确认密码修改成功后，她马上关闭了页面。

比密码更让人忧虑的，是母亲发来的短信。

"有重要的事跟你商量，盂兰盆节假期能回鸟取一趟吗？"

今天早上，她收到了这么一条信息。稻叶祥子并不是稻叶麻美的亲生母亲，而且麻美跟这个继母关系不算好，正因为不喜欢这样，麻美才来了东京。她的异母妹妹，也就是继母的亲生女儿，早早就在老家结婚，过上了幸福的生活。妹妹现在有两个孩子，所以继母很少跟麻美联系。

究竟有什么事？

"过年也就算了，夏天实在太忙，抽不出时间。"

麻美一边回复一边想，反正她过年也不会回去。

内线电话响了起来，麻美正发着短信，没有及时伸手，被别的派遣社员抢先一步接了电话。没办法，她只好对着电脑，假装在处理票据。

麻美在花山商事负责营业事务工作，就是处理员工的交通费和报销票据，买买伴手礼和办公用品，总之都是些琐碎而枯燥的活儿。不过这个公司的气氛像个大家庭，待着感觉不坏。另外，这里没有必须穿制服等死板的规定，临时工和零工都比较年轻，不需要花太多精力去照顾别人，因此很轻松。

麻美看了一眼墙上的时钟，刚过下午三点。

正式员工全都外出工作了，下午的这个时候，营业事务最清闲。这间办公室能容纳约二十个营业员，但此时只有部长一个人在。部长表面上像是正对着电脑认真工作，搞不好其实是在打游戏。

C

"毒岛先生，据说他们总算筛选出了比较靠谱的车辆目击信息。"

毒岛正在调查本部想事情，加贺谷跑进来对他说。

"真的吗？"

调查过程比想象中的还要艰难。

那里地处偏僻，百姓们特别配合调查，因此收到了很多车辆目击信息。不过这反倒让调查工作变得繁杂。而本地上报的失踪人口大多是痴呆老人走失，平时的重点工作也就是预防汇款诈骗罢了，有时连毒岛都难以相信，那座山上竟发生过如此凶残的犯罪。

"有人说，去年十二月看到现场附近的山路上有一辆红色轿车停了很长时间。"

"知道汽车型号吗？"

确实收到了很多山路上停车的目击信息，但没人能说出车型。有人说是白色的车，有人说是蓝色的车，完全无法顺藤摸瓜查出凶手。不过也可以理解，毕竟此时距离埋尸已经过去很长时间了，人们的记忆都有些模糊，才迟迟得不到决定性证词。

"是一辆小型轿车，车型就不知道了。"

"那怎么能叫靠谱呢，只知道是红色小型轿车，叫我们怎么找？"

"不过这次目击证人有两个,还问出了目击日期。"

"两个?"

"对,一位是住在附近的男性,每天都沿那条路步行上班。十二月上旬,他上班前发现路上停了一辆红色轿车。另一位是个护工,上门访问附近的独居老人时,在同样的地方看见了红色轿车。"

"是什么时候?"

"十二月三日或十日。"

"他们是怎么确定时间的?"

"因为护工固定每周四去访问住在那附近的老人。"

"原来如此。那他们记得车牌号吗?"

"当然都不记得了,不过据说不是当地的车牌。住在附近的男子说,就因为那辆车不是当地号牌,他才记得这件事的。两位证人都说好像是东京车牌,而且是品川区的。"

毒岛默不作声地想了一会儿,随即摊开手边的地图,专注地看着丹泽现场周围那块区域。

"如果那辆红色轿车上装有被害人尸体,又是从东京开过来的,那应该在距离现场最近的鲇泽出口驶下高速。鲇泽到现场只有一条路,那么,这里和这里的N系统应该就拍到了那辆车。"

毒岛说着,在装有N系统的地点画上了红圈。

N系统是警方导入的"车牌自动读取装置",设置在普通国道、各县交界和原子能发电站等重要设施附近。只要车上装有导航设备,就会频繁感应到那个系统,一般人都知道有这么个东西。

N系统的外设装备是一个小小的方形摄像头,安装在高速公路和一般道路旁的桁架上,自动拍摄所有路过车辆的号牌。顺带一提,该系统跟抓拍超速等违法行为的电子眼不一样,主要用来追踪被盗车辆及通缉犯驾驶的车辆。

"没错。两地中间虽然有小路，不过只有本地人才知道。"

"我去向本部长提议，彻查十二月三日、十日符合描述的车辆，弄清来去时间。"

"麻烦您了。"

"你马上安排人去周边的便利店询问，是否看见过一辆红色轿车。搞不好他们的监控录像还留着那两天的数据。"

"明白了。"

"还有，加贺谷，还没查到符合被害人特征的失踪人员吗？"

"是的。今天早会上本部长也说了，同时期有许多上报失踪的女性，另外还新增了几起报案，只是并没有发现符合被害人特征的。"

让案子陷入泥潭的罪魁祸首就是这个。

他们昨天又找到一具尸体，被害人已经上升到四人。然而新发现的尸体依旧全裸，无法查明身份。距离第一具尸体被发现已经过去两周了，还是没查到与尸体特征相符的失踪人员。

"用牙医治疗痕迹和DNA都查不出来吗？"

"是的。我们还把年龄范围扩大，仔细查看了所有失踪女性的信息，但目前还是一个人都没……"

听到这里，毒岛轻哼一声，用力抱起双臂。

听说尸体全裸时他就有不祥的预感，没想到被害人的身份竟然如此难查。

他开始感觉，这起案子跟以前办过的所有案子都存在决定性的不同。

B

"麻美队长,我去看了小影院的新作,果然跟评价的一样,最后的大反转让人吃惊不已。现在说给你听会剧透,总之以后出了 DVD 请你一定要看看。"

麻美在家吃晚饭时,收到了小柳守的信息。

他似乎很闲。昨天才刚给他发了信息,看来他当天就去看了。

小柳守这个人肯定没有女朋友。

麻美跟小柳守当面交谈的次数一只手都能数得过来。因为他负责人事,两人在面试和更新劳务合同时进行过事务性对话,因此麻美丝毫不了解这个人。此人十分认真,但毫不起眼,劳务派遣的几个女生都不曾提到他。不过从他最近的表现来看,应该是在社交网络上非常活跃的人。麻美不禁想,你倒是在现实世界里也积极点啊。

"是吗,等 DVD 出来了我会看的。"

她马上回了一条略显冷淡的消息。

最近,小柳基本每天都会给麻美发一条私信,多的时候一天会发好几条。他声称,"麻美这么懂电影,一定能理解我""很少有人跟我聊这种话题"。可麻美并不认为自己的兴趣爱好跟小柳很一致。而且这段时间不只是看电影,小柳连麻美去过的餐厅都会去吃吃看,老实说,麻美渐渐觉得他有点恶心了。

可他毕竟是富田公司的人事部职员,麻美不想做出什么奇怪的举动给富田添麻烦。只是她也觉得,再这样一直发私信不太好。

"我一般都在莺屋借 DVD,麻美队长会去什么地方借?"

他就这样一点一点地侵入麻美的隐私。说不定将来某一天,麻美就会在附近的光盘出租店碰到他。

更麻烦的地方在于，这个小柳目前正在考虑搬家。

麻美之前不小心透露了自己住在东横线沿线，结果小柳马上追问东横线哪个站比较好。她模棱两可地回答了自由之丘，心里却总有种预感，觉得小柳会搬到祐天寺来。

"最近我都是在网上看在线，没怎么到电影院去。"

她给小柳回了这样一句话。

曾经让她如此快乐的私信交流，最近却变得越来越痛苦。下次见到加奈子，还是问问她怎么摆脱这种关系吧。

她把目光转回到自己的页面，今天"武井雄哉"的笑容又出现了。

要是再不"确认"他的好友申请，那张笑脸就会永远显示在Facebook主页最显眼的位置上。长时间烦恼并不像麻美的性格，要么"确认"申请，要么干脆"删除"就是了。可是点了"删除"，对方是否会收到通知？麻美并不希望因此伤害他的感情。于是她又想，等下次见到加奈子，也问问这种事该如何处理吧。

"Facebook虽然方便，但确实也有麻烦的地方啊。你这种情况被称为社交网络疲劳，据说平时爱为他人着想的女性特别容易出现这种症状。不过麻美一定不会有问题啦。"

麻美跟加奈子约在公司附近的连锁咖啡店见面，两人久违地一起喝了杯茶。店里挤满了刚下班的职业女性，忙碌的店员都在用硬挤出来的笑容接待客人。麻美喝了一口马克杯里的拿铁，醇厚的口感让她感到格外幸福。

"你怎么这么说呢。不过话说回来，如果只是疲劳倒还好，关键在于我遇到了一个有点像网络跟踪狂的人，最近越来越担心了。加奈子啊，我是不是干脆删掉那人比较稳妥？"

"唔……可以屏蔽他,不让他看到你的页面。不过这真的是终极手段啊,毕竟有人会因此大发雷霆,甚至杀人呢。"

"啊,真的吗?"

加奈子随口一说的话让麻美感到毛骨悚然。

"社交网络毕竟不是真正的人际交往,所以一旦发生矛盾,后果可能会很严重。总之,你最好尽量别刺激到对方,慢慢淡出更为稳妥。"

"是吗……"

"是啊。而且你之所以遇到这样的事,是因为只表现出了自己最好的一面。只要给他发一张没化妆还在抠鼻孔的照片,肯定就能解决了。"

虽然听着很乱来,不过加奈子这话虽糙理却不糙。

人们在社交网络上的发言看似是心声,实际上特别在意他人的目光。每个发言都希望得到更多的"赞",或是想对他人炫耀一些东西,这样一来,自然而然就只表现出了自己好的一面。

"抠鼻孔就算了,还有别的好办法吗?"

"这个嘛,比如让他看到你跟男朋友卿卿我我的样子。"

"原来如此。"

"按照麻美的性格,肯定还没跟那个差点儿就要变成跟踪狂的人提过自己有男朋友吧。"

加奈子一点都没说错。

"话说回来,加奈子,你后来跟那个东大毕业的人约会没有?"

麻美没有回答加奈子的问题,而是突然话锋一转。今天约加奈子见面,这也是目的之一。上回在银座吃饭已经是两个星期以前了,假设他们俩后来约过会,她应该能打听到些什么。

"约了。"

"哇，怎么样？"

"跟传闻一样，是个怪人。"加奈子喝了一口咖啡，这样说道。

"啊，怎么回事？"

"麻美啊，你知道亚斯伯格症候群吗？"

"亚斯伯格？"

好像在哪里听过，但实在想不起来。

"那人一见面就对我说：我可能有亚斯伯格症候群，接下来说不定会对你说很失礼的话，请你不要在意。"

"什么意思啊？"

"你想啊，有的人虽然是东大或京大这种顶尖大学毕业，平时跟人说话还是会显得格格不入，对不对？据说那些人其实就得了这种病，没办法说出自己心里想说的话，没办法跟别人好好交流，甚至很难理解对方的心情。"

"哦，我好像明白了。我有个考上东大的高中同学就是这种感觉，看来世界上真有这类人啊。"

"他们没有智力问题，反而多数是天才。据说爱因斯坦和莱昂纳多·达·芬奇都患有这种病呢。"

"哦，我记得电影《雨人》里也有这个病。"

"不对，他那是学者症候群。雨人记忆力超群，亚斯伯格相比之下更普通。不过总体来说，这类人群的社会性，或者说与人交际的能力，都特别弱。"

接下来，已经成为"亚斯伯格症候群专家"的加奈子热心而详细地给麻美介绍了相关知识。有一种说法称，这种病每三百到四百人中就会出现一例，而且绝大多数患者是男性。斯蒂芬·斯皮尔伯格就公开宣称自己有亚斯伯格症候群，还有几个著名的现役运动员和演艺界人士都有可能身患此病。

"说到底,你跟那人究竟聊得怎么样?"

麻美对冗长的"亚斯伯格讲座"没什么兴趣,便随便找了个时机打断了加奈子。她真正想知道的是这个。

"吃完饭后那人对我说,我想以结婚为前提跟你交往,不如现在就去酒店吧?"

"哇,太恶心了。原来如此,这种人会说出这样的话啊。加奈子当然拒绝了吧?"

"听到他这样说,我就反问了一句。"

麻美兴致盎然地等着加奈子的下一句话。

"我问他,你为什么会有这种想法?"

"嗯,然后呢?他说什么?"

"他说,因为你很漂亮。"加奈子微笑着说。

看到这个笑容的瞬间,麻美意识到,眼前这个看起来还算淡然的加奈子,已经坠入爱河了。

"所以你们去酒店了?"

"没有啊,这也太夸张了,我告诉他,一般成年人头一次见面,不能马上约对方到酒店去。你知道他说什么吗?"

"不知道。"

"他问我,那见几次面才能约到酒店去?"

麻美忍不住笑了起来。

"什么啊。你怎么回答的?"

"我说,这个嘛,大概三次吧。"

"哈哈,太有意思了。那你们已经约会三次了吗?"

"没啊,后来我觉得太麻烦,第二次就跟他睡了。"

"啊,真的吗?那你们现在是男女朋友啦?"

"算是吧。"

加奈子露出幸福的笑容。

麻美看着加奈子，拿起马克杯喝了一口。两个人聊得太专注，拿铁都放凉了。

"既然加奈子已经跟那个东大毕业生在交往了，那你跟武井君汇报了吗？"

"武井君？为什么。"

"东大生不是武井君的 Facebook 好友吗，我记得你以前说过。"

"啊，是哦，的确如此。不过我才不会专门跑去跟他汇报这种事，而且亚斯伯格君好像跟武井君不太熟。"

"唔，原来是这样。对了，加奈子你会在 Facebook 上给武井君发信息吗？"

"这个嘛，生日的时候会发祝福信息，还有就是不久前向他打听了一下亚斯伯格君的事情。虽说是好友，其实只是网络上的称呼罢了。没什么事的话就不会给对方发信息啦。怎么了？你找武井君有事？"

"啊，没什么。"

麻美假装镇静，喝了一大口冷掉的咖啡。

"我去趟洗手间。"加奈子恰好站起身，让麻美松了一口气。她本想问问是否该删除武井的"好友申请"，不过仔细想想，又感觉自己无法解释原因。

加奈子当然不知道麻美跟武井交往过。而且那也已经是十年前的事情了，应该不成什么问题。加奈子肯定会说："你别在意那种事了，把好友加上就好啦。"可是，麻美跟武井的关系并没有那么简单。

"麻美这边怎么样了，跟富田君结婚的事有进展吗？"

加奈子刚从洗手间回来就直接抛出了这个问题，仿佛表示现在开始轮到我审问了。麻美向她简单说明了情况，说自己要了一个月的考虑时间，来决定是否与对方父母见面。可后来富田又遇到信用卡诈骗，目前没心思想这些事情。

"可真是太倒霉了。如果富田君不得不支付那八十万日元，你们结婚的资金可就泡汤了。毕竟不能不办婚礼啊。"

"唉，婚礼我是无所谓，不过新婚旅行之类的也得花钱啊。"

加奈子似乎是真心觉得惋惜，麻美却有种交工期限被延后，内心稍感庆幸的感觉。

"不过他到底是在哪儿被人盗走了信用卡信息啊。"

"唔——他经常在网上买东西，说不定上了不法网站吧。"

"麻美啊，话说回来，富田君不久前不是丢了手机吗，信息是不是那个时候被盗走了？"

"啊？不会吧，捡到手机的那个人特别好，还专门把手机还回来了。再说了，被盗用的是信用卡，跟手机没关系。"

麻美说着，想起那个声音沙哑的人。

"啊，也对。那应该就是网上购物的问题吧。"

"嗯，富田君也说可能是因为这个。"

她想起那天自己随口问了一句"你是不是在色情网站买了奇怪的东西"，结果富田明显不知所措，令她大失所望。就是因为他性格实在单纯，才会被人诈骗吧。

就在这时，麻美听到了貌似收到信息的提示音。

"不好意思。"加奈子边说边点击手机屏幕。

麻美喝了一口冷咖啡，在旁边观察加奈子。是谁发来的信息呢？加奈子盯着手机，微微歪过头。

"富田君叫什么名字来着？"加奈子突然问了一句。

"诚。你问这个干什么?"

"诚。诚,富田。MT啊……"

"你在干什么呢?"

"唔……"

加奈子少见地欲言又止。麻美等了一会儿,可还是没等来答案。

"富田君的名字有什么问题吗?"

她先打破了沉默。

"没什么,我觉得应该是恶作剧吧。"加奈子很为难地开口道,"我刚才收到了这样的消息。"

加奈子犹豫地把短信拿给麻美看。

"千万别相信你朋友 AI 的男朋友 MT。"

"这是啥?"

"我朋友 AI,我能想到的只有你,稻叶麻美[①]。"

两人陷入沉默。

"这到底是什么意思?不能相信什么?"

"富田君是爱说谎的人吗?"

"不是啊,他反倒是那种一说谎马上就会露馅的,是个性格单纯的笨蛋。"

天性软弱的富田不擅长隐瞒,时常因为一些小谎言露馅而被麻美责备。

"怎么会有人发这种短信来,而且时机也太巧了吧,就像他知道我跟麻美在这里一样……"

两人环顾四周。下午六点的咖啡店里坐满了人,店员忙碌地

---

①按照名在前的写法,"稻叶麻美"的罗马音是"Asami Inaba"。

穿行。男白领、女白领、学生……店里有各种客人，但并没有人在关注她们。

"可他为什么要发到加奈子的手机上？要是发给我还能理解……"

麻美看了一眼自己的手机，她没收到任何消息。

"是不是发错了？"加奈子边按着手机边说。

"谁发给你的？"

"不知道，是个陌生号码。麻美，你对这个号码有印象吗？"

加奈子把手机拿给她看，是一个"090"开头的号码，麻美完全没印象。

"我也不认识。平时都不会记号码的啊。"

"也对。那干脆打过去问问吧。"

加奈子说完，就要点击"通话"键。

"不要，太吓人了，太吓人了，还是别打了。"

"那……这条短信太恶心了，我还是删掉吧。"

"嗯，删掉吧。"

这件事过后，两人也聊不下去了，便匆匆离开了咖啡店。到底是谁，又是为了什么给加奈子发那种短信，麻美越想越不明白。

A

sayuri0709

看到这个密码，男人一时无法理解其含义。

这个sayuri到底是谁？

"0709"又是什么数字组合？

"有人试图从陌生终端登录您的账号。若并非您本人操作，请点击以下链接重新登录，并确认账号是否存在异常。若忘记密码，请点击此处。"

男人发过去的钓鱼短信，让小心谨慎的稻叶麻美都上钩了。她向这台电脑乖乖奉上了自己的密码。

一说到黑客或骇客，人们总以为他们掌握着与电脑相关的高深专业知识，实际上，如今的主流仍是"社会工程"这种不使用IT技术的方法。"社会工程"这个词很晦涩，容易产生误解，简而言之，就是用"社会性"手段巧妙欺骗对方，从而获取密码等重要信息的意思。

就像他给麻美发的假邮件这样，先以账号受到攻击的文字恐吓对方，并自称官方邮件，让对方彻底放下戒心，再利用人们的误解盗取信息。

再比如，就算是专门设有信息管理规定的公司，只要是上司的命令，下属就很难拒绝。所以一旦伪装成上司下令："事态紧急，你就破例把密码告诉我吧。"就会有人上钩。

黑客和骇客就是利用了人类的这层心理。

顺带一提，黑客与骇客其实是有区别的。当然，二者都是熟悉电脑技术的人，而把这些知识和技术用在善行上的人被称为黑客，利用这些知识和技术来作恶的人则叫骇客。由于媒体给大众灌输了"黑客就是破解电脑系统的坏人"这种错误的印象，至今还有很多人搞不清二者的区别。

男人马上打开Facebook登录页面，输入了刚刚到手的密码。

"您的ID或密码不正确"页面上跳出这样的提示。

他重新查看了一遍稻叶麻美发来的密码，再输入进去。可是依旧无法登录。

莫非她发现那是钓鱼短信了？

男人脑中瞬间闪过这个想法，但很快意识到，如果她发现了，就不会把密码发过来了。恐怕是觉得有人试图登录自己的账号很吓人，抓紧时间换了密码吧。

这个女人也太谨慎了。

男人心里这样想，同时觉得这使得稻叶麻美更加魅力十足了。

这个世界上太多随随便便的女人了。稻叶麻美不仅精心护理自己的黑色长直发，还一本正经地管理着自己的密码。

他更想占有这个女人了。

sayuri0709

男人一边想着，一边重新确认她发过来的密码。

这里面是否有线索呢？

话说回来，这个sayuri到底是谁？家人、朋友，还是她喜欢的明星？

人类设置密码时都遵循着一定的规律，最常用的就是把自己或亲朋好友的昵称与生日组合起来。而使用爱好、球队等跟自己没有直接关系的事物当密码时，一般会将它与不像生日那么与自己密切相关的数字结合起来，比如工号、学号，等等。

稻叶麻美的手机邮箱是mina0709，男人一直以为"0709"是mina的生日。

如今这串数字又跟sayuri结合在了一起，看起来不是生日。

莫非是什么纪念日？

他马上检索七月九日，并未发现可能跟稻叶麻美有关的信息。

可能需要把稻叶麻美的工号都查出来了。

当黑客或骇客的第一步，就是要彻底调查对象。住址和家族成员自不必说，对方的人际关系、恋爱关系、经济状况、行动范围、兴趣爱好、经常上的网站和应用，只要能查到的信息都要收集起来。利用这些信息让对方处在形同赤裸的状态后，骇客才好设下巧妙的陷阱。如果对方身负债务或有出轨、婚外恋之类的把柄，成功率会提高许多。

而眼下稻叶麻美已经超越了单纯的"骇入对象"，就算不为了破解她的密码，男人也想把她从头到尾调查一遍。因为这正是男人的癖好。像初中女性积极打探偶像的隐私那样，男人连稻叶麻美在用什么洗发水、什么牌子的牙粉都想知道。

B

麻美又收到了一封邮件。

她刚在车站边的超市买好晚饭的食材，正提着塑料袋往家走时听见了铃声，就掏出了手机。

发信人是一串陌生号码，邮件既没有标题，也没有内容。这是谁发错了吗？不过邮件下方有个附件，麻美决定打开看看。

富田跟一个陌生女人的合影占据了整个手机屏幕。

这是怎么回事？

这个女人究竟是谁？

麻美盯着画面想了好一会儿，还是完全没有印象。照片里的富田搭着女人的肩膀，笑得很开心。

女人好像比麻美年长一些。脸蛋还算可还，但麻美觉得自己更胜一筹。不过她的胸脯很大，隔着米色毛衣也能看出尺寸惊人，麻美根本比不过。而且她还专门挑了一件尖领低胸款式的衣服，真是用心险恶。

麻美气呼呼地再次尝试回忆这个女人，可无论怎么想，都对这个人毫无印象。从着装来看拍照时间可能是冬天，而且不太久远。

为什么把这张照片发到她的手机上？

她又看了一眼发信人号码。是"090"开头，至少可以肯定是个手机号码。如果是麻美通讯录里的号码，应该会自动显示名字。麻美还是不知道这是谁。

富田出轨了吗？照片上的女人就是发信人吗？她是想说"别跟我抢男朋友"吗？富田有了她，还跟这种不要脸的女人在一起吗？

仿佛联想游戏，麻美的脑海中冒出一个又一个不好的想象。她决定冷静下来，再端详一下照片。

似乎是在一个聚会上，富田穿着休闲服，因此可以判断是休息日举行的私人聚会。他身上那件毛衣麻美见过，最近他还穿过呢，从发型和整体感觉来看，应该不是很早之前拍的。

富田满脸通红，看来是喝了很多酒。搭着女人肩膀的姿势虽说轻浮，但那女人拼命把巨乳往富田身上挤的样子更显过分。

麻美又看了一遍发信人号码。马上拨打这个号码，如果对方接了，就能知道真相了。打电话给这个不要脸的女人，主动把事情讲清楚吧！想到这里，麻美心中同时涌起怒火和勇气。她毫不犹豫地按下了拨号键。

拨号音想起，她举着电话，远远地看着东横线的银色电车滑入站台。七次、八次、九次、十次……铃声响了十一次，对方不仅没接，也没有切换到语音信箱。

敢发这种照片却不敢接电话是什么意思？！

乘客们走到站台上，东横线上行列车再次启动。麻美把电话挂掉，又打了一遍。这回，她远远地看着下行的快速电车穿过站台。

对方仍旧不接电话。麻美转而将心中已被点燃的怒火发泄到了富田身上。

"这女人是谁?"

她给收到的照片配上这句简短的文字,转发给了富田。

C

"毒岛先生,听说 N 系统查到了符合特征的红色轿车。"

"真的?"

听到加贺谷的汇报,毒岛忍不住探出身子。

警方把高速公路出口到现场的所有便利店都问了个遍,遗憾的是,便利店的监控影像早就被覆盖掉了。自然也没人记得半年前有一辆红色轿车驶过这种事。

"看来向本部长提议起了些效果啊。"

N 系统是个追踪已知号牌车辆的系统,而像这次这样,要筛选出十二月三日到十日经过 N 系统的红色小型轿车,就有些难办了。因此,他们向本部长提议调查那两天经过的所有红色小型轿车一事,因为太不现实,如同大海捞针,被驳回了。

"能得到新证词,真是太好了。"

"是啊,说不定能继续走运。"

不久前,出现了新的目击证人,声称十二月上旬在现场附近看见过一辆红色国产车。这名证人是一位三十多岁的男性,明确指出那辆车的号牌以"わ"开头。

为何证人会清楚记得号牌以"わ"开头呢?全日本除北海道及部分地区外,租用车辆的号牌都是以"わ"开头的。这名证人就职于租车公司,他说看到时他就觉得很奇怪,心想"如此偏远的深山里怎么停了一辆'わ'牌租用车，不知道是哪家的车子"。后来他再次去往那里，在现场附近看到了警方立的牌子，便想起了这件事。

十二月三日到十日经过现场附近的"わ"牌红色小轿车。具体到这个程度，范围一下子就缩小了许多。根据N系统记录，那两天共有五十一辆"わ"牌车辆经过，其中只有五辆是红色小轿车。

"这五辆车里，有一辆就是凶手开的车吧。"

刚开始引入N系统摄像头时，每台设备价格高达一亿日元。不过近年来，不仅摄像头迅速小型化，同时解析度也有了飞跃性发展。但也因为这样，开始有人质疑个人隐私问题，警方则采取对其具体位置及实际作用均不予回应的态度。其实，但凡经过N系统的车辆，不仅会被记录下号牌，连驾驶席，甚至副驾上的人都能拍到。而且，除非有意删除，这些影像记录通常会永久保留。

五辆"わ"牌车中，有三辆是青年男子独自驾驶，一辆是青年女子，一辆的司机是老年男子，旁边还有同乘人员。

"目前本部正在调查这几辆车所属的租车公司。"

"都在东京吗？"

"应该是的。"

毒岛展开现场周边的大地图，抱起双臂打量起来。

"那附近会不会有岔路啊……"

"如果想绕过N系统，只从小路到达现场。那凶手就是非常熟悉这一带的人了。"

"嗯，确实如此。"

"但一个驾驶东京号牌租用车的人，不太可能知道那种小路。

所以，这五个人中一定有个人是凶手。我们还是等待本部对租车公司的调查结果吧。"

加贺谷说完，毒岛点点头，再次看向地图。

"不过加贺谷啊，前三名受害者，还有三天前发现的第四名受害者，都没有查到符合特征的报案信息吗？"

"对，都没有。鉴证课的还请县内的牙科医生看了治疗痕迹，目前尚未有收获。"

"是吗……如果是一个人两个人也就算了，可已经出现了四名女性被害者，却超过半年都没有相应的报案信息，这明显有问题吧？"

"对，我也这么想。"

只要能确定受害人身份，就有可能从她们的人际关系中查出犯罪嫌疑人。然而，距离发现第一具尸体已经过去三周了，警方仍旧没有查清被害者的身份。

这是为什么？

失踪人士与被害者不匹配，那就意味着跟死者有关系的人都没有报案。这个年纪的女性失踪了，她的亲朋好友为何不报案呢？被害者的家人和恋人究竟在干什么呢？

B

"麻美怎么会有这张照片？"

直到深夜十一点，麻美才接到富田打来的电话，此时离发出那封满是怒火的邮件已经过去四个多小时了。她好几次想主动打过去，但又怕影响效果，于是拼命忍住了。

"提问之前先回答我的问题好吗？照片上的女人是谁，跟你什么关系？"

忍了一肚子怒火的麻美此时已经接近临界点了。

"是我高中同学，这是去年冬天参加同学会时拍的照片。"

"我怎么没听说过。"

"去参加同学会不需要向你汇报吧。"

"那女的是谁？前女友吗？"

"不是，不是，我们不是那种关系。现在我都跟她没联系了。"

富田说这话时含糊了一瞬，又在麻美的怒火中添了把柴。她回想起照片中富田傻笑的样子。

"现在？那也就是说，拍这张照片时你们还有联系啦？跟我们交往的时间重合了吧？"

"不是，不是，所谓联系也就是在Line上聊过两三次罢了。我跟她都没有单独见过面。"

"Line？那为什么这张照片会发到我手机上？"

"究竟是谁发给你的呀？"

"不是那女的吗？不然你觉得还会是谁？"

"她？她干吗要做这种事啊？"

"我怎么知道。"

这番驴唇不对马嘴的对话让麻美更生气了。她才不想听这些话，而且她认为，富田把手搭在别的女人的肩膀上，就是一种严重的背叛。

"我觉得她不会做这种事，毕竟我跟她只在半年前的同学会上见了一面，之后就没见过了。"

"那你为什么把手搭在她的肩膀上？看起来你跟那女的很要好嘛。我绝对不会原谅你的，你去跟大胸女人卿卿我我个够吧。"

富田一直没有道歉，反倒像谈论别人的事一样语气平淡，这让麻美非常恼火。他这样不就好像在说只是麻美一个人瞎忌妒，他一点责任都没有吗？麻美实在接受不了，要是富田不泪流满面地下跪求饶，她就绝对不放过他。

"算了，算了，我周末之前会给她打个电话问问这件事的。"

"周末？哦，我突然有急事，这周末见不了面了。"

"啊，真的？"

其实她也没什么事，只是觉得不能这样去见富田，就算见了面，肯定也会吵起来。

"你先把那女人的事解决了。既然都向人家求了婚，麻烦你先把自己的关系清理干净好吗？"

"我不是说了吗，我跟她真的没有任何关系。"

"总之，你先跟照片上的女人好好谈谈，等你能解释清楚了再联系我。再见。"

麻美说完就把电话挂了。

手机马上又响了起来，但麻美并未理睬，而是从冰箱里拿出一罐啤酒。

为何如此生气呢？

是因为那女人的胸部比自己的要丰满许多吗？麻美以前也曾经历过恋人出轨，那时虽然也伤心，却并不像这次这样生气。而且以前她完全是受害方，连质问对方都做不到。

麻美意识到这是因为自己一直小看了富田。

她一直认为富田对她爱得死去活来，自己是开恩才与他交往，二人相处时也确实如此，因此麻美万万没想到富田会跟别的女人玩火。尽管她并不知道富田是否真的出轨了，可正因为不知道，那张照片的意义才更重大。

麻美打开拉环，喝了一大口冰凉的啤酒。随后她像个中年大叔一样长叹一声，再看手机，已经不响了。

富田这种很快就放弃的性格也让她气不打一处来。

麻美打开电视，看了一会儿平时喜欢的综艺节目，但完全看不进去。她又喝了一口啤酒，感到脸颊开始发热。

富田在干吗呢？在跟那女人联系，确认事情真相吗？

如果照片就是那女人发给麻美的，那他可就一头栽进圈套里了。富田那家伙，肯定会被人家唬得团团转，搞不好就真的跟那女人交往了。

自己是否过于情绪化，对富田态度太差了？

麻美看了一眼手机，发现富田给她打了两个电话。刚才自己也有点冲动，不如给他回个电话吧，麻美想了想，不知为何又突然想起加奈子收到的奇怪信息。

"千万别相信你朋友 AI 的男朋友 MT。"

那条信息是想说这件事吗？有人知道富田出轨了，所以通过加奈子的手机警告麻美。能否这样想呢？莫非富田表面看起来很无害，事实上早就跟那女人发生关系了？

即便如此又如何呢？

麻美喝完了一罐啤酒，渐渐觉得一切都无所谓了。

无论富田是否跟那女人有关系，如果麻美在他眼中不过仅此而已，那也就没什么好说的了。如果富田选择了比她轻浮的女人，那她只能尊重这个选择，跟他分手。而且富田向她求婚都这么久了，她还不是不太想答应一直拖着吗？

"下周要不要一起到小影院去？据说这次上映的作品很有意思。"

Facebook 收到了小柳守的信息。

目前跟富田闹成这样，或许不该忽视小柳的邀约，毕竟小柳跟富田在同一家一流企业工作。

虽然之前麻美有点讨厌这个人，可实际上并没有跟他好好说过话。如果他真的喜欢电影，说不定能谈得来。看对方的样子，跟女性交往的经验应该不多，说不定会对自己言听计从。

麻美又仔细看了一眼小柳守的头像。

不行，还是没戏，她感觉自己在生理上无法接受这个人。

那么，该如何拒绝小柳守的邀约呢？直接告诉他这样很烦吗？加奈子说只要刻意展示自己跟男友恩爱的样子就好，然而跟富田闹成这样，麻美实在提不起劲发那种照片。

"这周和下周我都很忙，应该去不了。这次也请你看完了告诉我感想吧。"

派遣员工不可能工作繁忙，既然他是人事部职员，想必能看出言外之意。

要么干脆把小柳从"好友"里面删除，屏蔽他的信息？

"可以屏蔽他，不让他看到你的页面。不过这真的是终极手段啊，毕竟有人会因此大发雷霆，甚至杀人呢。"

麻美又想起了加奈子的话。

无论是社交网络还是现实世界，断然拒绝别人都可能让事情变得复杂。恋爱就是感情的相互碰撞，心中越是充满喜欢对方的能量，一旦遭到拒绝，那种能量就越容易失控，变成截然不同的形式。所以还是按照加奈子所说，一点点浇灭对方的热情，等他自行放弃吧。就算要把他屏蔽，现在马上行动也会招致反效果。先拒绝几次对方的邀约，他想必就会主动放弃了。

电视上的综艺节目不知何时结束了，可麻美还是没有睡意。她开了第二罐啤酒，再次看向 Facebook 页面。

很快,"好友申请"页面顶端的"武井雄哉"就出现在视线中。

麻美仰脖喝了一大口啤酒,点开武井将近五百人的"好友"列表。

这段时间她到底在犹豫什么呢?不就是个Facebook的"好友申请"吗?

武井的"好友"中有许多R大学的同学,也包括加奈子在内,很多人上学时跟他的熟悉程度还远远不及麻美。她只不过会变成其中的一个,仅此而已。

麻美一边劝说自己,一边移动鼠标,食指用力,点击了"确认"。

第四章

A

这是个无论男女老幼,什么人都能接触到网络的时代。

有什么东西不明白,用雅虎或谷歌就能轻松检索出来。但很少有人知道,在同一个网络世界里,还存在一个名为"暗网"的黑暗世界。

像雅虎、谷歌、亚马逊、乐天这些一般人都能看到的网络世界,被称为"表层网"。与之相对,通过密码进行保护,一般人无法连接;或是由与外部不存在超链接的服务器管理的网络,就被称为"深网"。

两者同属一个网络世界,只是一般人在电脑上只能看到表层,并不知道深处还有更为庞大的世界。这个深网世界比表层网要大上好几倍,存储着各种数据,从个人信息到国家机密,什么都有。黑客或骇客都试图侵入深网,他们会想方设法寻找连接深网的密钥,或是通过外接USB入侵独立服务器,窃取机密信息。

而在深网中,又更进一步深入法外之地的世界,被称为暗网。

这几年来,利用网络技术的犯罪在日本急剧增加。单独行动的骇客、暴力集团下属的网络黑帮，甚至来自海外的国际网络犯罪组织纷纷加入日本的网络犯罪市场中。特别是以网上竞拍为目标的犯罪，最近在急剧增加，每年涉案总额高达数千亿日元。

那些犯罪分子全都潜伏在这个暗网世界里。

暗网用户大多依靠"Tor"这个软件来行动。二〇一二年发生的一起通过电脑远程操作完成的犯罪事件让这个软件广为人知。犯人便是利用"Tor"来隐藏连接路径，进行栽赃陷害。

"Tor"是一款特殊的软件，可以隐匿IP地址和日志，不为人知地连接网络。它原本是美国海军为与间谍联络而开发的，换言之就是间谍使用的软件，所以即便是国家级别的反间谍手段都无法锁定IP。后来软件通过维基解密泄露出来，这一点非常讽刺。日本警方被使用"Tor"的罪犯玩弄于股掌之间，说起来也并不奇怪。

不过使用"Tor"的人并非全是间谍或犯罪分子，该软件在研究人员中间也十分普及，一般人也能下载。

男人咀嚼着在站前便利店买的饭团，灌了一口瓶装茶。就在此时，运动包里传出了手机铃声。

男人所有的社交活动基本都通过社交软件和邮件解决。他也没什么朋友、熟人，几乎用不上电话。而且像他这种习惯窝在家里的人，出门会尽量避免跟别人交谈。他有很多部手机，经常使用的在口袋里，此时响铃的是专门用来接收信息的手机。没人说得清这些手机是哪儿来的，说不定还有这个房间以前的主人——西野真奈美的手机呢。

男人毫不理睬不停叫唤的手机，而是操作着一台平时不怎么使用的电脑。

这台电脑上安装了"Tor"。

男人以前其实只是个网瘾患者，但自从安装了"Tor"，就被其中潜藏的黑暗世界彻底吸引住了。

一般人找不到暗网入口，但只要熟知暗语或掌握相应技术，就能在"Tor"的网络或一些骇客管理的暗网网站中找到入口。暗网世界也存在像"2ch"一样的论坛，男人能在上面找到无比刺激的信息。

伪造驾照和护照、贩卖毒品、贩卖人口、提供儿童色情服务，甚至兵器都能搞到，不管是否合法。他还曾看到有人开出一千美元的价格，承接俄罗斯境内的暗杀工作。

男人一下子就喜欢上了暗网。

相比现实中的大学生活，暗网世界显然要刺激许多。

一开始，他只是加入了以恶作剧为目的的骇客行动，几次下来都没有暴露身份，便明知违法，还是开始利用网络进行诈骗。用于犯罪的违法软件，以及购买软件的比特币，全都能在暗网里找到。

木马、蠕虫、间谍软件……他不断尝试着最新的、最流行的"malicious software"，也就是"恶意软件"。

一旦知道自己不会被找到，就会有人有胆量犯法吧。法律这种东西本来就是国家制定的规范，在网络这个无国境的世界，又该适用哪个国家的法律呢？即便有人能抓到他，那想必也不是日本警察，而是FBI吧。

所以男人做事唯一的底线就是：不被抓住。

被严重忽视的童年经历让他对世间万物都漠不关心。小时候，他很渴望母亲的关爱，但在意识到无论怎么企盼都无法得到后，他便放弃了期待。

情感缺乏。

心理学上是这么称呼他这类人的。

这类人乍一看很好相处，实际上无法对他人产生好感。他们猜疑心极强，有偷盗癖，善于说谎，可能会做出残忍的行为，彻底毁坏人际关系。一般来说，遭到母亲忽视的儿童比较容易形成这种性格，而男人觉得自己符合所有特征。

母亲自杀后他一直孤独地生活着。不过手头有钱，长相又不赖，让他能维持表面上的普通生活。而且在普遍比较淡薄的现代人际关系中，他这样的性格反倒更让人有好感。

只有暗网里的人让他真正产生了共鸣。

在现实生活里他是异类，但在那个世界，他这样的随处可见。只需回答"Yes"或"No"，可以不带任何感情，这让他感到格外轻快。

在暗网里可以轻松获得进行犯罪的材料，像他这种技术平平的人也能利用那些东西轻松获取钱财。剩下的便只有罪行曝光蹲大牢，和一直不被发现，照常生活的区别了。

多亏了这个"Tor"，男人仅凭一台电脑就能赚到大钱，并且从未遭到警方怀疑。

小时候曾被教育"上帝会把你干的坏事都看在眼里，将来必定会遭报应"。但也不知道那个上帝到底干什么去了，为什么他干了这么多坏事，都没有遭到报应呢？

只要不被抓住，就可以为所欲为。

又传来收到信息的提示音。男人看了一眼包里的手机，是西野真奈美的父亲发来的信息。刚才响起来电音的也是这部手机。

"过得好吗？下个月是妈妈的三周年忌，你能回来吗？"

"对不起，刚才在开会，没法接电话。三周年忌时我正好要去国外出差，可能回不去了。对了，上回出差我买了爸爸喜欢的酒，这就给您寄过去。"

他回了一条这样的信息。

西野真奈美的老家在山形县，母亲早逝，父亲独自住在山形老家中。失去伴侣，女儿又不怎么回来，孤身一人的老男人很容易因为孤独而染上酒瘾。西野真奈美的父亲就因为喝酒搞坏了肝脏，恐怕活不长了。

男人已经通过房产中介联系了房东，说要退掉这间房。现在床和电视机都处理了，房间里没剩下几件家具，地板上空荡荡的。今天早上他通过手机看了一会儿新闻，发现警方尚未查明死者身份。但他猜测警察就要找到这里来了。

他想在此之前让别人住进来，这样就无须担心还留有没擦去的指纹了。

而且他已经找到了下一个住处。

稻叶麻美家。下次来东京时就选那位黑发美人的家住吧。

男人关上装有"Tor"的电脑，把它塞进运动包里。他确认了好几遍有无遗漏物品，最后锁上大门，又从报箱口把钥匙扔回了房间。理论上应该把钥匙交到中介公司的，不过这么做也没什么问题，事后告知他们就行了。

B

"注意！最近针对个人电脑的病毒诈骗在急剧增加，可疑文件绝对不要打开！一旦打开，不但会成为受害人，甚至有可能加害他人。万一不小心遇到诈骗，请马上联系我。"

麻美收到了这样一则消息，发信人是R大学的朋友户部真彦。他跟麻美是同班同学，记得毕业后好像去了旅行社工作，不过现在看起来似乎在从事与电脑安全相关的工作。

自从收到富田的那张奇怪合影，麻美的手机和电脑上就不断收到约会网站的邀请和完全没印象的假账单。

"好久不见，我是稻叶麻美。最近我经常收到奇怪的邮件和信息，万一出事，可能要麻烦你帮忙解决。"

这种事最好交给专家来处理。今后可能真的需要请他帮忙，麻美决定先给他发这么一条信息。

发完她又忍不住把收到的上一条信息重看了一遍。

"麻美，好久不见，你还好吗？我们毕业以后就没见过了，到现在已经十年了吧。不如哪天一起吃个饭吧？"

麻美犹豫了好久，最终还是确认了武井雄哉的"好友申请"，没想到他竟如此轻浮，一上来就邀请麻美一起吃饭。这让她心情有点复杂，不过老实说，身为女人，麻美还是感到有点高兴。

不过她该如何回答呢？

发消息的时间是早上九点，可能武井习惯一到公司就查看邮箱和 Facebook 信息吧。无论怎样回复，都应该尽快。

可是麻美又想起了十年前的苦涩往事。

当时她真的很卑微，像个小狗一样摇着尾巴，单方面地喜欢着他，把好多第一次都给了他，而武井却把她玩弄一番后抛弃了。当时麻美对东京这个地方和恋爱这种事情一无所知，因此毫无应对之策，直到现在心里还沉淀着那些抹不去的往事。

又一名业务员抱着公文包慌忙走出了办公室。此时是上午十点刚过，但这层楼里基本只剩部长、派遣员工和内勤人员了，业务员都出去了。

"稻叶小姐，这张发票今天之内帮我登记一下吧。"

"好的，知道了。"

麻美接过泽田主任递来的请款单，此人曾经半开玩笑地对她说过几次"我们去约会吧"。被派遣到这里短短半年，就已经有好几个男员工来邀请她吃饭了，有单身的，也有已婚的。只是她觉得，跟这些人出去完全是浪费时间，就全拒绝了。

学生时代麻美有过许多邂逅。

班级里、社团里、研讨会里、打工的地方……但直到走上社会，她才意识到那些邂逅有多宝贵。上班第一年虽然认识了很多异性，只是当时她被黑心企业搞得疲惫不堪，根本顾不上恋爱。后来每换一个派遣地点，也都有过邂逅，甚至发展为恋爱。只不过公司不同，遇到的人也大不相同。但可以说，如今在一流贸易公司M商事工作的武井，应该是麻美交往过的男性中级别最高的。

只是这十年二人没再见过面。十年前分开的恋人，基本不可能在街上偶遇，就算真的遇到了，也不会当场邀请对方吃饭吧。不过，武井竟马上就在Facebook上邀请了麻美，看来这真是个方便男女约会的软件，不愧是哈佛大学的优秀学生创造的东西。

麻美突然想起加奈子的笑容。

虽然对方患有亚斯伯格症候群，可加奈子也算在Facebook上找到了东大毕业的男朋友。事事讲究完美的人是没法在这个世界上活下去的，麻美认为，就算是为了确定到底要不要答应富田的求婚，也该行动起来了。

麻美的优点之一是一旦做出决定，行动就会异常迅速。

"你这周五有时间吗？"

本来预定跟富田过周末的，现在恰好空出来了。像武井那么忙碌的人，本周五说不定已经有约了。不过如果他很重视与麻美的再会，就会想办法空出时间。如果空不出来，那就证明他已经另有重要的人了。

麻美暗自决定，如果武井答应这周五见面，那就干脆去见见他。她不知道见面以后会怎么样，可至少要让他见识见识，自己已经不是十年前那个土里土气的小姑娘了。

手机传来收到信息的声音，麻美还以为是武井发来的，心脏狂跳不止，结果定睛一看，发信人是小柳守。

"我在涩谷发现了一家麻美队长应该会喜欢的意大利餐厅，这周五要不要一起吃饭？"

小柳之前委婉地问过她要不要一起去看电影，但这是第一次向麻美发出如此明确的约会邀请。

"周五我有约了，真对不起。"

麻美马上这样回复。

C

"今日，警方在神奈川县丹泽山中又发现一具女性尸体，已半白骨化。死者年龄在二十岁到四十岁之间，身高一米五到一米六。据推测死者的死亡时间在三个月到一年之间。另外，同一座山中还发现了其他四名女性遗体，警方判断这些遗体可能存在关联，为尽快破案……"

车载广播在报道发现了第五具尸体的消息。

"凶手到底在那座山上埋了几名被害者啊。"

挖出第三具尸体后仅仅一周时间，警方又接连发现了两具尸体。而目前还尚未把毒岛指定的范围全部挖掘完毕，因此被害人的数量很可能还会增加。

这起"黑发美人连续被杀案"已经在媒体上掀起了轩然大波。

不仅新闻，连生活类节目也在反复讨论这个案子，还有记者在街头采访黑发女性路人，听她们诉说心中的不安。晚报上用大字标题煽动普通市民的恐惧情绪，周刊杂志大肆贬斥警方无能，这些都换来站内报刊亭惊人的销量。

搜查本部不断扩张，不断有新人被派过来。

虽然调查人手增加了，但这并不意味着能马上有成果。随着新尸体的发现，新信息也接踵而来，还没来得及确认信息的真伪，就又发现了新尸体。各方面的信息庞杂繁复，调查行动也越来越混乱。

"这样一来，说明凶手去过山里好几次。"结束了当天的调查工作，手握方向盘的加贺谷沮丧地说。

"从被害者数量来看，应该是这样。凶手不可能每次都开同一辆车过来啊。"

"不过凶手为什么会想到把尸体埋在那座山上呢？确实，那里到处都是蚂蟥，还有牌子提醒来人有熊出没，又离山路不远，似乎是个掩埋尸体的绝佳场所。可是为什么偏偏选中那里呢？"

"他也可能是偶尔逛到了那里，发现很适合掩埋尸体吧。不过我感觉，凶手很可能原本就对那一带比较熟悉。"

"现在怎么办，要不要稍微改变一下调查方针？"加贺谷边说边把方向盘往右打。

"说是这么说，可我们没有可靠的线索啊。"

"也对。虽然也有几个应该没问题的目击证词，但能确定车辆外形跟号牌的，还是只有那辆红色轿车。"

"要是最后一辆车上的人就是凶手就好了。"

N系统捕捉到的五辆红色租用车中，有四辆已查清租用人与此案无关。就剩一辆品川租车公司的车,租车人情况尚不明晰,不过应该也快出结果了。

"加贺谷,我能抽根烟吗?"

"请吧。"

信号变绿,车子又动了起来。毒岛点燃香烟,把副驾驶席这边的车窗打开一条缝。吐出一口烟,烟雾顺着窗缝飘了出去。

"还有就是想办法查明被害者的身份。已经有五人了,也该能查到一个两个了吧。"

"难说啊,毕竟过去这么长时间了,周围又没发现任何遗留物品。"

准确来说,现场周围发现了很多疑似死者遗留物品的东西。有很多人往山里扔旧杂志和不要的家电,警方还找到了衣服和鞋子,但最终没起到任何帮助,甚至很难确定找到的东西是垃圾还是死者遗留物。调查本部认为,一味纠结那些东西,调查方向可能会走偏,因此就不怎么重视在山上找到的东西了。

"唉,还没查到符合条件的报案资料吗?"

"似乎没有。"

B

"哎呀,我真是吓了一跳。刚才你走进店里,样子跟以前实在太不一样了,我一时竟没有认出来。"

"真是好久不见了。毕竟都十年了啊,也难怪你会认不出来。再说我以前确实土里土气的。"

那天中午,武井回复了消息,并附上一家餐厅的地址。

"我预约了这家店晚上七点的座位,期待你赴约。"

麻美提前了五分钟来到店里，武井七点准时出现了。他的笑容跟学生时代一样，不过那身很合适他的高级黑西装还是让麻美感觉到了十年的岁月流逝。大学时的武井就很帅，而如今这个成熟的武井更是魅力十足。

"哪有，麻美大学时就很漂亮。你这头黑色长发还是跟以前一样啊，这头长发是麻美最漂亮的地方，不管什么时候看都特别美。当然，还有麻美本人。"

"多谢夸奖。"

麻美轻轻点了一下头，努力不让武井看到自己已经高兴得合不拢嘴。那头黑色长发伴随着她的动作晃动起来。

"不过最近实在太危险了，你有这么一头漂亮的黑发，会不会感到害怕啊？"

"就是啊，据说今天又发现新的被害人了，已经是第五个了呢。可是，这头发可不是一两个月能长起来的，我又舍不得染成其他颜色。"

"也是啊。"

"真希望早点抓到凶手。"

"一点没错。麻美现在感觉特别成熟，好像变了个人。每次参加高中的同学会我都会想，女人真的会变啊。你跟上学那时相比是不是瘦了点儿？过去我感觉你是可爱，现在是漂亮。今天能见到你，我很高兴。"

麻美又控制不住表情了，并为自己无法掩饰这分心情而感到羞愧。有了武井这句话，麻美感觉今天也算达成目的了。

"武井先生经常光顾这家店吗？"

这家位置有些隐蔽的餐厅位于白金，是一家完全使用有机蔬菜作为食材的自然派法式餐厅。提供糅合了和风的前菜和各种法国料理，餐桌上同时摆着刀叉和筷子。店内面积不大，全由满脸笑容的女主厨一个人操持。

"也不是经常来，不过你看，这里的料理是不是很有意思？且不论肉和鱼，这里的蔬菜也特别美味，让我大吃一惊。而且……"武井凑到麻美耳边笑着说，"这里的餐品以蔬菜为主，价格不是很贵。"

麻美人生中的第一顿法餐，就是武井带她去吃的。

当时麻美不懂餐桌礼仪，他也像现在这样凑到耳边告诉她："从外向里轮流使用刀叉就好。"

"你工作很忙吧，还是周五，耽误你去做别的事了吧。"麻美假装抱歉地问。

"那倒没有，我在贸易公司工作，经常跟外国的公司打交道，不存在什么时候忙的概念。而且现在跟以前不一样了，在哪儿都能上网查邮件。"

"早上要特别早上班吗？"

"证券公司会特别早，贸易公司的事务周期都比较长。比一般的公司要好一些吧。"

事实肯定不是这样。因为此时武井显得很慌张，麻美以前可没见过他这个样子。

"武井先生现在具体在做什么工作啊？"

"麻美知道卡塔尔吗？"

"卡塔尔？中东？"

"对，我在做卡塔尔的天然气开发项目。"

"哇，好厉害呀。"

"这个项目我已经做了五年了，要进入那里实在太困难，我们最终可谓不择手段，才好不容易签订了合同。可没想到时代会变成这样。"武井一边给麻美倒红酒一边说。

时代变成这样？麻美点头道谢，心里却疑惑不解。

"你是说恐怖分子吗？因为当地治安变差了，导致开发停滞不前？"

她不由得想起曾在 Facebook 上看到的拿着自动手枪的恐怖分子照片。

"这也是部分原因，但关键在于，我们没想到原油等资源的价格会大幅变化。因为这个，我们公司去年出现了几十年不遇的赤字呢。"

武井笑得挺开朗，但麻美不知该不该跟他一起笑。

服务员恰好出现，在两人面前摆上盛装在白盘里的樱粉色龙虾，缓解了麻美的尴尬。

"这是奶油焗龙虾，使用产自布列塔尼的龙虾，请搭配混有科涅克白兰地清香的奶油享用。"

"啊，真好看。"

菜品的外表实在太美了，看起来很好吃。白盘与樱粉色龙虾，以及搭配的绿色蔬菜，相得益彰。

"不如拍张照片吧。"

武井拿出手机，弯起关节突起的修长手指拍了张照片。

"话说回来，武井先生好像经常上 Facebook 啊。"

麻美也拿出了手机。

"嗯。因为工作上要跟外国人打交道，用 Facebook 很方便。把同事、留学时的好友和熟人什么的都添加上，遇到什么事时马上就能找到人。说到底，贸易公司讲究的就是人脉啊。"

"是啊，通过 Facebook 能跟在国外的朋友随时保持联系。"

"对，这确实是 Facebook 的好处。麻美是什么时候开始玩的？"

"这个嘛,其实我以前也会上,不过直到最近才开始更新。武井君跟我大学同年级的加奈子也是 Facebook 好友,对吧?"

"嗯,她经常给我点赞。"

"就是加奈子教我怎么更新 Facebook 动态的。没想到我刚开始说话,就有好多'好友申请'……"

说到这里,麻美想起了加奈子的新男朋友。武井应该认识那个东大毕业的"亚斯伯格"。

"对了,你可能听加奈子说过,有一个东大毕业的,也进了 M 商事,后来又辞职了的人,你应该也认识的。"

"啊,谁啊,是手塚吗?"

"加奈子说那个人特别古怪。"

"那就是手塚没错了。"

"那位手塚先生是个怎样的人呢?"

机会难得,麻美想替加奈子打听打听那个人,另外也满足自己的好奇心。

"他特别聪明,只给客户打过一次电话就能记住号码,只看一眼就能指出报价的金额错误。总之,他经常吓我一跳。"

"哇,他是个天才吗?"

"嗯,或许是个天才吧,不过古怪也是真古怪。好不容易进了个好公司,很快就辞职了。辞就辞吧,他又突然想考司法考试,现在好像在神田那边当律师呢。相比起来明明是我们公司的薪水更好啊。"

"他有女朋友吗?"

"以前有过,不过都不长久。毕竟那个人不会讨好别人,更不会说让女孩子高兴的话。话说,加奈子跟麻美怎么突然都对手塚这么感兴趣?"

"没什么,我就是在 Facebook 上认识了他,想知道是个怎样的人而已。"

"唔——"

武井的表情没什么变化,不过此人直觉很准,说不定猜到了什么。

"对了,武井君你现在是什么情况?"

"什么什么情况?"

"有女朋友吗?"

"女朋友?"

麻美若无其事地瞥了一眼武井的左手无名指,至少还没有婚戒。

"我没女朋友。"

"又来了。堂堂大型商社白领,应该很受女孩子欢迎吧。"

"也没那么夸张啦。那麻美呢?你这么漂亮,不可能没有男朋友吧。准备结婚了吗?"

结婚这个词让麻美胸口一紧。

"呃,情况比较复杂……"

麻美有点焦急,不知该如何回答,结果只是含糊地应了一声,然后强装镇定地拿起眼前的红酒喝了一口。

"情况复杂啊。"

武井也拿起酒杯喝了一口,两人突然陷入短暂的沉默。

沉默中,女大厨又送来一道菜,这次是装在杯子里的粉红色甜点。

"这是用一整个白桃制成的桃子奶冻,上面点缀的是桃子雪芭和马鞭草。"

"哇,这个好漂亮。拍照片。"

麻美说着拿出了手机。白桃与粉红色鸡尾酒杯非常搭，感觉已经超越了甜点，就像是一件艺术品。

两人因这道甜点再次打开了话匣子，越聊越热络，旁人很难相信他们都十年没见面了。

他们聊了聊共同的朋友的近况和大学时代的回忆，当然聊的都是美好的回忆，两人都绝口不提十年前武井抛弃麻美的事。

麻美起身上洗手间时，武井机灵地结了账。麻美提出要出自己的那份，却被武井以"就当给我个面子吧"谢绝。

女大厨彬彬有礼地送二人走出店外。

不管是打车还是去车站，都要穿过国道走一小段路。于是两人并肩走了起来。晴朗的夜空中挂着一轮满月，清爽的风温柔地拂过麻美微醺的脸庞。

"接下来怎么办呢？"武井仿佛自言自语般说道。

麻美看了一眼手表，晚上十点了。不过明天是休息日，倒是没必要急着回家。

"怎么办？"麻美故意问道。

"唔，是直接回家，还是找个酒吧喝一杯呢……或者……"

"或者？"麻美惊讶地看向武井。

"或者直接去酒店开房。"武井戏谑地说。

太夸张了。久违的武井完全成了社会人，言谈举止间从容了不少，而且老实说，比十年前更有魅力了。然而，喜欢玩女人这点好像一点都没变。要是没有这个缺点，此人恐怕是最理想的结婚对象。麻美心里有点失望，但还是觉得该回答点什么。

这时她又想起了东大毕业的"亚斯伯格"。

"我朋友加奈子说，有一次她和一个男孩子约会，结果刚第一次约会，对方就提出要去酒店开房。加奈子虽然不讨厌那个人,但这也太突然了,她就把那个男孩教育了一顿。你猜当时加奈子说了什么?"

"不知道。"武井似乎被难住了。

"成年人头一次见面,不能马上约对方到酒店去。"

"原来如此。"说完武井快步往前走了半步,不跟麻美并肩了。

本以为这么说比直接拒绝要巧妙一些,莫非反倒让他蒙羞了?

他在生气吗?麻美小心翼翼地看了一眼他的侧脸,可是天太黑了,看不清表情。

"那后来那个男生有没有问,约会多少次才能约到酒店去?"

武井这句话让麻美惊得停下了脚步。武井又走了两三步才停了下来,然后转过身,对不知所措的麻美说:"然后她回答,差不多三次吧。"说着还竖起三根手指头。

"你怎么知道的?"

麻美好不容易挤出一句话。

"我只是不知道手塚的女朋友就是加奈子。"武井说着,露出调皮的微笑。

最后两人决定续摊,走进了附近的酒吧。

虽然很对不起加奈子,不过他们在酒吧聊东大毕业的"亚斯伯格"聊得特别起劲。麻美越听越觉得那人实在太有意思了。武井说有次跟他打招呼说了句"好久不见",对方竟回答说:"不,我们五天前才见过。"对他说:"下次去吃火锅吧。"结果他一本正经地纠正:"火锅是一种烹饪器具,本身并不能食用。"总而言之,这个人有不少奇特有趣的逸事。

据说他虽然古怪,但凭借独特的想法和超群的记忆力,出色地完成了许多工作。武井也说:"他离开 M 商事实在太可惜了。"出于对加奈子的关心,听到周围的人并没有拿他当玩笑,麻美自然是松了口气。不过这样一来,她反倒羡慕起加奈子了。

等武井喝完第三杯金汤力,麻美主动说:"再不回去就太晚了。"她自己也已经喝了两杯金巴利橙汁,再摄取酒精从各种意义上说都很危险。

走出酒吧,武井说:"我们方向相同,不如我打车送你回去吧。"

麻美看了一眼手表,过十二点了。末班电车是几点来着?应该能勉强赶上吧。

而就在麻美思索的时候,武井已经拦下了一辆出租车。

"别跟我客气嘛。"

最后,她决定听武井的。

尽管麻美很怀疑两人是否真的回家方向相同,不过她喝了不少酒,也不想去赶电车。

"麻烦你先开到祐天寺吧。"坐上车后武井对司机说。

"武井君住在哪里?"

"我?我住目黑。"

"那司机师傅,麻烦你先到祐天寺,然后去目黑。"

麻美可不想让他趁机登堂入室,便对司机嘱咐了一句。坐在身边的武井明显面露不满,但她并不理睬,而是看向车窗外。尽管已经过了午夜,路上还是有很多行人,便利店和高挂夸张招牌的饮食店里似乎也有人。离沉睡尚远的闹市街景不断向后流动。

每次车子一晃,武井的左肩就会碰到她。

武井继续跟麻美开朗地聊天,对他来说,那点酒可能不算什么,恐怕还能喝不少吧。不过麻美已有些倦意,加上车子的晃动，感觉一不小心就会睡着。不知不觉间，武井的左手已叠在了麻美的右手上。睡意渐浓的麻美却连把他的手甩开的劲儿都提不起来。

"在祐天寺的什么地方停？"

要是没有司机的这句话，麻美可能就睡着了。

"啊，在前面的红绿灯拐弯，到第二个路口停。"

不一会儿，出租车打着双闪在路边停下来，车门自动开启。

"今天真是谢谢你了……"

麻美刚说到一半，嘴就被武井吻住了。

由于过于突然，麻美甚至忘记了反抗。

武井一只手按着麻美的头，另一只手绕过肩膀扶着她的背，让她无法动弹。接着武井试图把舌头伸入麻美的唇间。

麻美下意识地闭上了嘴。但武井并不放弃，麻美感到唇上传来极大的压力，原本紧闭的唇竟错开了。趁麻美的双唇一松，武井的舌头便伸了进去，那种濡湿的感觉仿佛唤醒了麻美体内的什么东西。

算了，就是亲个嘴而已。

麻美已意识蒙眬，仿佛一切都无所谓了。

麻美一闭上眼，武井就进一步贴了过来，双手抱紧了她。他的舌头在麻美的口中纠缠索求，还带着轻微的烟草味道。这个吻的滋味跟十年前一样。

麻美的脑中突然闪过富田的脸。

富田君，对不起。

可是麻美已能感到下体传来火热的湿润感。

麻美就要沦陷，双手正要抱住武井时有什么东西响了起来。

她猛地回过神来，把武井推开。

原来是手机铃声。是谁的手机响了？武井可能也听见了，也在找寻声音的来源。声音是从麻美的手提包里传出来的。

可能是富田。

一想到这里，麻美就逃也似的下了车，挤出僵硬的笑容冲车里的武井点点头，然后快步走开。

麻美从包里拿出手机，屏幕上显示"号码不明"。这是怎么回事？不是富田吗？她以前还从未见过来电显示出现"号码不明"的。尽管心里疑虑，麻美还是按了接听键。

"你好。"

声音听起来急促而慌张，但确实是富田。他这是喝醉了吧，说的话让人莫名其妙。麻美回过头，发现武井还透过车窗饶有兴趣地看着自己。她赶忙回过身，把手机按在耳朵上，加快脚步远离出租车。

"喂，富田君？怎么了？"

"被劫持了。"

"劫持？啊？我听不清。什么？你被人绑架了吗？"

"是手机，手机。我的手机被劫持了。"

"手机被劫持了？什么意思？"

"我的手机突然锁上打不开了，上面显示'这部手机被我们劫持了，若不想被强行删除所有资料，就在二十四小时之内支付三万日元'。还有一秒一秒减少的倒计时。"

"什么？我没听懂。"

"都跟你说了啊，我的手机被劫持了，对方要我交三万日元赎金。"

出租车缓慢开到麻美身侧，武井还在朝她挥着手。

"什么意思，有这种事？"

"真的,所以我只能用公共电话打给你。"

公共电话?用公共电话打来的,所以才会显示"号码不明"啊。

"你是不是下载了什么奇怪的应用啊?"

"怎么可能嘛。我只是收到了一封邮件,说我的手机有重大安全隐患,请马上点击一个链接,所以我就……"

手机那头传来富田几乎要哭出来的声音。

"就是这个啊,你不是才刚被人盗刷了信用卡吗!"

"你现在说这些也没用嘛。事情都已经发生了,你说这些话的时候时间就在倒数了,现在只剩下二十三个小时了。你说我该怎么办?要老老实实地把三万日元交给他们吗?"

现在确实不是争论的时候。麻美稍微冷静下来想了想。

"你能保证给了三万日元就能恢复原状吗?搞不好你给了钱,资料也会被删掉。"

"这我怎么可能知道嘛。而且信息上还说,要是不给三万日元,就要向我手机通讯录上的所有人传播这个病毒。"

"啊,真的?"

"那样的话,麻美的手机也有可能中病毒哦。"

"这可绝对不行。开什么玩笑,别害我啊。"

"就是啊。要是被别人知道病毒是从我的手机上发出去的,肯定没人愿意跟我做朋友了。那倒不如老老实实交三万日元的好。"

麻美也有同感。要是一千万日元还另说,区区三万日元,倒不如付了更稳妥。

"我真是没办法了,你说,我要支付那三万日元吗?"

富田似乎想马上就把钱给了。

"等等,不是还有时间嘛。"

"嗯,还有二十二小时五十八分钟。"

"富田君,你认识比较精通这方面的人吗?"

"不认识。就算我认识,不用手机也联系不上啊。手机打不开,通讯录也看不了。"

"也对啊。"

"幸好上回把麻美的号码记在驾驶证上了,我才能联系到你……麻美认识这方面厉害的人吗?"

有熟悉这方面的熟人吗?

"你突然这么问我,我也想不出来啊。"

但必须想想办法!

"啊!"

这时电话的另一头传来富田的惨叫。

"怎么了?"

"十日元硬币快用完了。"

第五章

B

"勒索病毒是指利用病毒锁定电脑或手机,并声明若想解锁就在一定期限内交纳赎金。最近,这种网络犯罪真是多了不少。"

昨晚听富田说完事情经过,麻美想到了同年的户部真彦,目前他就在安保公司工作。她在Facebook上联系了户部,对方马上回复:"现在刚好在出差,我找个人过去吧。"十分靠谱。

"勒索病毒属于十分恶劣的恶意软件,连FBI都会建议一旦中毒还是乖乖支付赎金为好。因为这种病毒非常麻烦,只有上锁的人才知道如何解锁,所以从成本上考虑,还是给钱更好。"

第二天,富田和麻美坐在约定的咖啡店里,等来了一个皮肤白皙、头发略长、有些瘦弱,一看就像搞技术的青年。这名青年穿着一身西装,掏出名片递给了麻美他们。名片上写着浦野善治,隶属于杀毒软件十分有名的S公司,头衔是技术部经理。

"不过这并不意味着我们拿它毫无办法。能把手机给我看看吗?"

浦野从富田手上接过手机,连到自己带来的电脑上,然后专注地敲起了键盘。

"勒索病毒一开始是在俄罗斯流行的,由于它是一种很容易搞到钱的恶意软件，瞬间就传遍了全世界。啊，不好意思，能麻烦你解一下锁吗？"

富田马上输入解锁密码，浦野故意背过脸去不看他输入了什么。

"一开始这种病毒只是伪装成警察或杀毒软件公司，针对违法下载要求用户支付罚金。如果收到病毒的人根本没干过那种事也就算了。要是真的做过类似的事，一看又只是小额罚款，就有很多人直接给钱了事。"

"原来是这样啊。"富田喝着冰拿铁咕哝道。麻美也在旁边听着说明，想起昨天自己就有过同样的想法。

"然后，病毒的传播形式变成了以手机数据来索要'赎金'。不过多数都会在收到赎金后复原数据。"

"原来是这样啊。"这回轮到麻美说这句话了。同时她心想，既然如此，干脆把赎金交了算了。

"因为要是拿了钱又不复原数据，中了病毒的人就会到处去说自己的遭遇，之后再去勒索也就不会有人愿意交赎金了。"

"关键在于不能用手机真的非常麻烦。首先想找个公共电话就很麻烦，其次，没有了手机通讯录，号码都记不住啊。现在我终于意识到，这个时代，要是没了手机，人根本无法生存。"

富田昨晚可能过得很糟糕，说这句话时一脸沉痛。

"是吗……不过本公司已成功破解了勒索软件的控制服务器，并开发出了去除勒索软件、复原资料的工具。"

"那我的手机能复活啦？"

"还要看恶意软件的种类。如果是最近流行的那种恶意软件，本公司的复原工具就能用。"

"如果不是复原工具适用的种类呢？"

"那就很难办了。其实对抗恶意软件的最佳策略是经常备份。只要把数据备份了,哪怕被删掉,也只需再复制一份备份就好。富田先生,你的手机备份过吗?"

富田不太自信地摇了摇头。

"那可有点糟糕啊。要是还有别的公司研发出了其他种类的复原工具就好了。"

"如果没有呢。"

"这个嘛,届时我只能说,请支付赎金了……"

浦野伸出手指顶了顶眼镜,目不转睛地盯着电脑屏幕。接着突然轻呼一声。

"啊。"

"怎么了?"

富田忧心忡忡地看向电脑屏幕。麻美也看了一眼,但没有看明白。

"应该没问题,用本公司的工具可以恢复。"

"真的吗?"

富田长出了一口气,浦野也露出了微笑。随后,他开始快速敲击键盘,一言不发地工作起来。旁边的两人只得默默在旁边看着。浦野面前那杯冰咖啡一直没有碰过,杯子上已挂满了细密的水珠。

"啊,话说回来……"怕打扰到埋头工作的浦野,富田小声对麻美说,"上回你说的那张合影。"

"合影?"

麻美一时没反应过来富田在说什么。

"就是我跟高中同学的合影啊。"

解释到这里,麻美终于想起了那个大胸女人。

"哦，你说那个啊。"

接连发生富田手机被劫持和与武井重逢，麻美都把合影给忘了。

"我问了，不是她发的。"

"证据呢？"

"啊？"

富田一脸茫然。

"拿证据出来啊。你刚才说的话，就像有人问杀人犯你杀人没有，他说没杀一样。要是没有证据证明邮件不是那女人发的，就完全不可信。或者你找到了发邮件的真凶。"

"啊？可我真的跟她没什么关系啊。"

富田突然提高音量，引来浦野看了他们一眼。两人赶紧道歉。

"真的吗？"麻美压低声音问。

"真的，你相信我。"富田语带恳求。

既然他都说到这份上了，那应该是真的。可为何麻美会收到那样的邮件呢？

"她有没有收到同样奇怪的邮件啊？"

"她说没有。"

她没收到，那就是富田被盯上了吗？搞不好是自己？

"富田君啊，你最近招惹什么人没有？"

"我不记得招惹过谁啊。"

麻美也不觉得这个娃娃脸，双眼亮晶晶，看起来人畜无害的男人会招惹到什么人。

"你应该是被人盯上了。比如上次盗刷信用卡，还有我收到的奇怪合影，再加上这次的手机被劫持，你遇到的怪事实在太多了。我感觉你换一部手机比较保险。"

"是吗……"

"是啊。不然你搞不好会被卷进不得了的大事里。"

"不好意思，麻烦你看看有没有遗失的数据。"浦野突然开口，打断了他们的对话，"我觉得应该复原好了，不过只有手机主人才知道里面少没少东西。"

浦野说完把手机交给了富田。

"啊，对了。你最好别再用四位密码了，增加些位数，或是干脆改成指纹解锁吧。"看到富田输入了四位密码，浦野这样对他说。

"指纹？"

"是的。无论设什么密码，只要被别有用心的人盯上，就能轻易破解。不过换成指纹，就只有本人能解开了。"

"还有这种功能吗？"

"很简单，在设定里就能完成了。"

听了浦野的话，麻美也把自己的手机设定为指纹解锁。这下不用输入密码也能解锁手机了，她忍不住高兴地说了一声。"啊，成功了。"

"指纹是不是更简单？最关键的是这样更安全。"

"是啊。"

麻美笑着应道，浦野也高兴地笑了起来。

对搞不定电脑设置和网络这些技术性事物的女孩子来说，像浦野这样的技术型男子就非常可靠。其实不管哪种，只要擅长一种领域的男性就会更有魅力。再看身边这个忙着查看手机的富田，虽然他也喜欢摆弄电脑和手机，却只是个普通爱好者，对技术一点都不了解。

富田检查了两三分钟,然后放下手机说:"应该没问题。"随后他问浦野该给多少谢礼。

"不用啦,我只是遵照公司前辈的指令私下过来帮个忙,不能收谢礼。"

浦野的本职工作似乎是更技术层面的,并不负责这类服务,所以他说自己也不知道该收多少钱。

"如果你一定要付钱,那就买一套本公司开发的手机安全软件吧。"

富田又坚持了一会儿,但浦野就是不收,最后连咖啡都没喝就走了。

之后两人回到富田家,麻美觉得还得再说他两句。

"好在浦野先生来帮你弄好了,可你为什么要下载那种可疑的东西呢?老实说,是不是因为下载了色情应用?"

"哪有啊,是收到了伪装成电信公司的信息,还说我的手机有安全隐患,换作别人也会忍不住下载啊。"

"才不会,要是我,绝对会起疑。"麻美故意严厉地说。

"真的吗?可我感觉麻美一定也会上当。不过我本来就是个老好人,很容易相信别人。"

麻美冷冷地看着为自己辩解的富田。

"这种话不该自己说吧,你是不是笨蛋啊。"

她为何如此烦躁呢,为何还在跟这个笨蛋交往呢?

"我脑子确实不太好。"富田说着,咧嘴一笑。

看到这个笑容,麻美意识到再怎么说都是浪费时间。接着那张笑脸竟凑了过来。富田毫无征兆地抱住麻美,马上开始脱她的衣服。

怎么大白天的干这种事，而且还正说着话呢。

麻美觉得富田太过分了。

富田应付般地吻上麻美的唇，很快便松开了。过去他还会跟麻美深吻一会儿，最近则越来越敷衍，急着往下走。此时富田已像往常那样把她推倒在了床上。

麻美今天这件衣服有很多纽扣，富田弄了半天都没脱下来，麻美干脆自己脱掉了。富田便只顾着往下拽她腿上的紧身牛仔裤。很快，麻美全身就只剩下胸罩和内裤了，纤细的身体半裸着。现在轮到她了。

不过，昨晚为何对武井的吻反应如此强烈呢？

正忙着脱掉富田上衣的麻美心里突然冒出这个想法。是因为喝醉了吗？不，跟富田做的时候也经常处于醉酒状态。

麻美双手解开了富田的腰带，松开拉链，任由裤子滑落在地。眼前这个平角裤前面撑起一块的富田竟显得可怜兮兮。富田并未察觉麻美的想法，而是略显兴奋地扑了过来。这种强行将麻美按倒在床上的把戏也是他们的常态。那张娃娃脸配上情动的表情，每次都让麻美觉得好笑，也不是不能称为可爱。

麻美不由得想，武井真是个坏男人。他嘴上虽然说自己没有女朋友，可愿意跟他玩玩的女人恐怕不止一打吧。

下次见面，武井会不会再次尝试约她去酒店？话说，她还会跟武井再见面吗？要是见了，她会不会同意武井的提议？那时武井会怎么做？

她正忙着思索，富田已滑向脖颈，再滑向胸前。与此同时，他双手绕到麻美背后，想解开胸罩搭扣。麻美能感觉到富田的呼吸轻触上她的肌肤。

她轻轻把手放在富田的后脑勺上，温柔抚摸。

这个男人和武井，我更爱哪个呢？

她并不讨厌富田，而且两人结婚后，他一定会很珍惜自己。

麻美突然双手攥住富田的黑发，把埋在她胸口的脸拽了起来。富田抬起头，略显惊讶地看着麻美。她趁机往下一钻，主动凑过去吻住了富田的唇。

富田笨拙地把舌头伸了进来。

濡湿的触感唤醒了昨夜的快感。

麻美闭起眼睛，贪婪吸吮着富田的唇，富田的舌头在麻美的口中恣意蠕动起来。

麻美想，自己真是个坏女人。

C

"发现第五名被害者！""黑发美女再度沦为牺牲品""警方调查陷入被动""被害女性依旧身份不明"……桌上报纸的大标题显得格外刺眼。

媒体仿佛陷入了恐慌，连续数日报道这起案件，还出现了不少美女含泪把美丽黑发染成褐色，以及隐藏黑发用的假发突然畅销的报道。所有人都在讨论这个话题，无论在职场还是在家中，人们都在讨论这起案子。

发现尸体的那座山连日围着电视台的车辆，给调查造成了极大的麻烦。电视评论员在高声怒骂警方的无能，连首相都出面催促，要求"尽快解决案件"。

"还没查到波多野淳史的住址吗？"

"没有。"

第五个租借红色轿车的人名叫波多野淳史，男性，现年二十三岁。调查本部从租车店里拿到了他的驾照复印件,却没在证件上登记的居住地找到他。

"那是谁住在那儿?"毒岛叠起报纸,问加贺谷。

"是一位跟波多野淳史没有任何关系的女白领。我们请她和公寓管理员都看过了N系统拍到的波多野的照片,两人都说不认识那个人。我们还调查了过往的租住登记,并未发现波多野淳史曾经居住在那里的记录。"

"是吗……"

"可驾照上明明是那么写的啊,到底是怎么回事呢?"

毒岛抱着胳膊看向天花板,思考着该如何回答加贺谷的问题。

"有几种可能性。一是更新驾照时他故意登记了假地址。"

"还能那样做吗?"

"验证新住址只需提交寄给本人的邮件等证据即可,他完全可以修改邮件上的地址,假装自己住在那个地方。"

"原来如此。"

"不过,与其假设他这么大费周章,还不如认为那张驾照就是伪造的。"

"假驾照吗……"

加贺谷还在暗自嘀咕,毒岛已在面前的电脑上输入了"伪造驾照",并点击检索。

"你看这个。"

加贺谷看向电脑,不仅是驾照,连护照、保险证,甚至毕业证书都能伪造。网页上展示出各种证件,似乎是个专门伪造证书的违法网站。

"假驾照这种东西很久以前就在地下流通了。原本是出租车或卡车司机这类以开车为职业的人,在驾驶证被扣押时用来糊弄的。不过最近经济不景气,越来越多的人开始用这玩意儿去借钱。现在只要上网就能轻易搞到。"

这些假证标价五万到十万不等,可谓廉价。网站上还以大字宣传说哪里可以买到假银行账户和手机,甚至还有实名账户和实名登记的手机。

"真厉害啊,原来假证这么容易就能入手。"

"是啊。"

"不过这些假证没法通过IC芯片检查吧。"

自打驾照开始植入IC芯片,伪造就变得极为困难。IC芯片中存有"姓名""出生年月日""驾照签发年月日""有效期""籍贯""照片"等信息,若连这些都伪造,成本必然会高出不少。当然,大部分违法网站上销售的假证都没有这么完美。

"那当然了,所以只要警察想查,一下子就能查出是不是假证。不过租车店和咖啡网吧只会核对身份,用这种就够了。"

"也就是说,波多野淳史很可能使用假驾照租了车,把尸体运到现场掩埋?"

"恐怕是这样的。他应该不会用自己的真驾照租车,给警方留下证据。"

毒岛重重地靠在椅背上,用指尖"咚咚"地敲着桌面,仿佛在想事情。

"加贺谷,波多野淳史以前在那家租车店租过车吗?"

"据说租过两次。"

"两次?"

"对。"

"如果只是挖坑还好说,但搬运尸体时就一定要用到汽车了。现在共发现了五具尸体,他怎么也得租五次车才行啊。"

"也是啊。那么，波多野并不是真凶？"

毒岛再次抱起双臂，屁股底下的椅子随着他的动作发出嘎吱声。

"也可能只是跑到别的租车店去租了。"

"但几个大租车公司都没有波多野淳史这个名字的租车记录，要不我拿假证上的照片再去问问？"

"不用了，本部那边肯定都调查过了。话说加贺谷啊，被害者的身份还没查出来吗？"

"是的。"

"一共有五具尸体，到现在连一个的身份都没查出来？"

许多家中有女性在外独居，又不经常联系的家庭向警方打来询问电话，进而一一验证过，却依旧没找到符合尸体特征的女性。

"是啊。本部长也在会上说了，又重新对全国的失踪者展开了调查。凡是失踪时间和身体特征相符的，警方都会联系其家属。"

"可是依旧没找到相符的，对不对？"

"是的，确实如此。"

人口失踪案大多因为家人担心，于是向警方报案。而一直找不到与被害人相符的失踪申报，莫非是因为没有家人或朋友为她们担心吗？

"加贺谷啊，你觉得这到底是为什么？"

难道他看漏了一些细节？

"不知道呢。不过最近的年轻人确实有很多跟父母不怎么亲。要么就是她们的父母亲都去世了？"

"唉，少子高龄化社会啊。"

"单身女性,在大城市独居,没有父母和男朋友,如果还是个自由职业者,那确实就算失踪了也没人报案啊。"

"你说得也有道理,不过被害者都是很年轻的女性,不可能五个人的父母全都去世了吧。而亲子关系再怎么疏远,至少也会一年联系一次吧。"

"嗯,确实是。"

"加贺谷,你父母还健在吗?"

"两人都才五十多岁,在老家过得可精神了。"

"那很好啊。"

"毒岛先生你呢?"

"老爸三年前得癌症死了,老妈半年前也去世了……"

"啊,这样啊,那可真是……请节哀。"

"老妈以前是美术老师,退休后就在家里开绘画教室,教邻居小孩画画。"

"哦,啊,难怪毒岛先生那么擅长画画。"

"嗯,不知是遗传还是家教,我只有美术这一科从小学起就一直是五分满分。"

"你母亲也是因为癌症过世的吗?"

"不,是中风。"

孤独终老。

母亲独自住在新潟,有一天毫无征兆地去世了,而且死后一周才被人发现。毒岛收到通知赶回老家,觉得眼前的屋子就像一个拖了很久才被发现的杀人现场。

就算再怎么忙碌,只要父母一个电话,毒岛也会马上赶过去。只是中风发作得太突然了,母亲一个人死在家中时,心中对不着家的薄情独子有何感想呢?

这个报应最终一定会落到自己身上。毒岛现在还是独身，近期内也不太可能结婚，等他退休后，就算变成痴呆老人，跑到外面曝尸荒野，恐怕也不会有人报案找他吧。

"就跟孤独死去差不多啊。"毒岛不小心把心里话说了出来。

"啊，您说什么？"

"没什么，我只是觉得，人都死了，却还没人上报失踪，就跟孤独死去差不多啊。"

"孤独死去吗……"

"嗯。无论怎样死去肯定都有相应的痛苦，不过，只要不是孤独死去，临死前都会有人为之悲痛。可是你看山上那些被害者，她们已经死了，家人却毫不知情。要是一直查不到身份，尸体就要被送到合葬墓里，甚至得不到正式安葬。"

"这么一想，我反倒觉得孤独死去都要相对好一点。被害者还都是年轻女性呢，真是太让人痛心了。"

毒岛暗想，抓到这个深山藏尸的凶手，或许能为孤独死去的母亲做一分供养。

B

"麻美队长，我上周搬到了祐天寺，还发现了一家味道很好的烤烧店。为了庆祝你我成为邻居，不如这周五一起吃个饭吧？"

小柳守终于还是搬到祐天寺来了。

麻美已经强调过自己有男朋友，小柳还是每周都要约她好几次。

要说小柳守是怎么知道麻美的住址的，其实并不难。

他是麻美之前被派遣的公司的人事部员工，曾负责过麻美的面试，可借助职务之便看到麻美的简历。那上面不仅写了麻美的住址和电话，还有老家的联系方式。他恐怕还复印了一份呢。

要是这种类似跟踪狂的行为再持续下去，麻美就必须搬走了。可是搬家费用非常昂贵，要是新住址也被他发现了，到最后还是白费力气。

如此一来，她反倒更在意小柳住在祐天寺的什么位置了。

麻美抬头看着晾在阳台上的黑色内裤。晾内衣裤时她都会用毛巾遮住，尽管如此，她觉得今后还是拿到屋里晾比较稳妥。

小柳该不会就住在附近吧。比如旁边的公寓，或能直接看到自己的房间的地方。想到这里，她赶忙打开窗户四处看看，东横线电车飞驰的声音马上涌了进来。

从这里能看到对面的高层公寓和附近的小户型出租楼里的房间。既然自己能透过窗户看到那些房间，就证明从那些房间同样能看到这边。另一头的高层公寓说不定也能看到这里。要是再用上望远镜，就能在不被察觉的情况下偷窥了。想到这里，麻美甚至感觉小柳正在什么地方窥视她，马上拉起了窗帘。

还是把小柳删掉，并将他屏蔽，让他无法看到自己的页面吧。他已经搬到了祐天寺，事态的恶化已不可逆转，现在不是为此犹豫的时候了，该使出最终手段了。麻美马上登入账号，点击"屏蔽"，然后输入"小柳守"，选择"屏蔽该账号"。只要再点击一下确认键，就能屏蔽小柳了。

可她停下来想了想。要是能就此解决，那自然再好不过了。

麻美转念一想，尽管两人交谈次数不多，但感觉小柳并不是那种有暴力倾向的类型。真要说的话，他给人一种类似御宅族、有点内向的感觉。可能只是在网络世界里有点得意忘形，才给麻美发了那样的消息。只要一直以借口推托，说不定有希望摆脱这个人。

其实最让麻美害怕的是，小柳会不会从网络跟踪狂转化为现实中的跟踪狂。

那么，既然自己的住址已经被小柳掌握，那至少也要搞清楚他住在哪里，否则无从对抗。

小柳一直发来信息固然很可怕，但更可怕的是麻美完全不知道他在想什么。因此盲目把小柳屏蔽，风险太高了。

"恭喜乔迁。话说，小柳先生搬到什么地方了？"

此举虽然危险，但麻美还是硬着头皮把信息发了过去。

C

"打扰了，我们是警察。想请问您对这张照片上的人有印象吗？"

毒岛拿着N系统拍到的波多野的照片，询问地铁站边的租车公司分店店长。

"哎呀，这个上回我不是说过了吗，真的没有印象啊。"

店长有点不耐烦，那表情仿佛在说怎么又来了。

这时一名年轻店员从里面的屋子出来，店长赶忙叫住他。

"啊，金子君，你来得正好，过来看看这人你见过没？"

年轻店员也过来看了一眼照片。照片上的人皮肤白皙，带着明显的御宅族气质，但脸上戴着一副大墨镜，确实很难辨认面貌。年轻人似乎很烦恼，过了一阵才抱歉地回答："呃……我没有印象。"

两位警察走出店门，立刻被闷热的空气包裹住。听说九州已经进入梅雨季节了,不过小田原车站上空依旧挂着初夏毒辣的太阳,把脚下的柏油路晒得热气腾腾。

"毒岛先生,你为什么要跑到这边来查租车店,波多野不是住在东京吗?"

自从调查本部发了N系统拍到的第五名红色租用车司机的面部照片,毒岛就像中了邪似的在小田原周边展开调查。他们已经把所有租车店都问了一遍,却没有得到任何目击信息。尽管如此,毒岛还是不死心,又来这家车站前的大型店铺问了第二遍。

"加贺谷啊,你认为凶手是怎么知道那座山适合埋尸的?"毒岛边说边擦拭着额头上的汗水。

"我不知道,可能他对这一带很熟吧。"

"没错。凶手肯定对这一带很熟,并在那座山附近调查了一番,发现了那几处地方。既然如此,他完全有可能在这里租车,对不对?"

"嗯,是有点道理。"

毒岛和加贺谷边聊边穿过站前的十字路口,走到出租车上客点。这里停着三辆等待客人的出租车。毒岛走到排在最前面的车边,对司机说:"您好,我是警察,请问这个人坐过您的车吗?"边说边把波多野的照片递了过去。

"唔……不太记得。"

年轻司机接过照片后稍微想了想,又摇着头把照片还了回去。

"谢谢您的配合。"

毒岛谢过司机,又马上走到后面那辆黑色出租车旁边。

"打扰了,我是警察,请问您对照片上的人有印象吗?二十岁出头的一个男性。"

这辆出租车的司机是位女性。

"我没印象,没帮上忙真不好意思。"

毒岛表情平淡地敲开了下一辆车的窗户。车窗降下来,他把照片递给里面的老师傅。

"唔——我在这儿拉了十多年客人,从来没拉过这位小哥。"

"感谢您的配合。"

"警察先生真辛苦啊,外面这么热。"老师傅眯眼看着明晃晃的阳光说。

"没什么,这是工作。"毒岛这样说着,身上的衬衫已被汗水浸透。

B

向小柳守发出询问住处的消息后,就再也没收到过消息。莫非他担心暴露自己的住处,终于放弃纠缠了?如果能这么简单就解决问题自然很好,只是麻美不认为小柳是会轻易罢手的人。

"你怎么了,一脸不高兴的,有烦心事吗?"

武井的一句话让麻美回过神来。

"没什么,不好意思。我刚才在想事情,不过真的没什么。"

这是她跟武井的第二次约会,地点在麻布十番的一家韩国料理店。

"那里的酱螃蟹可好吃了。我预约了晚上七点的座位。"武井发来这样一条消息,但麻美想跟武井见一面的原因是确认一些事情。

"麻美最近跟加奈子见过吗?"

打破尴尬还是要靠加奈子的亚斯伯格男友。

"没呢。我特别想听她跟亚斯伯格的故事,只是最近发生了很多事，没来得及约加奈子出来。对了，武井先生了解勒索病毒吗？"

"勒索病毒？勒索是指交赎金吧，是一种电脑病毒？"

武井说完喝了一口生啤，用左手扯开了蓝色领带。

"真不愧是做外贸的，光凭一个英语单词就能猜出来啊[①]。其实，我有个朋友中了那个病毒。上回下车时我不是接到一个电话嘛。"麻美仿佛忘掉了接电话之前的深吻，若无其事地继续道，"当时打电话的就是那个人。他说自己手机突然被锁了，闹得鸡飞狗跳。"

"哦，原来真有那种病毒啊。"

"武井先生也要小心点哦。据说那种病毒能从一部手机传染到另一部手机上。"

"啊，你这么一说我想起来了。麻美，把你电话号码告诉我吧，虽然Facebook很方便，但紧急时刻还是要打电话的吧。"

麻美确实一直没把电话号码告诉武井。如今都用社交软件交流，互换电话号码反倒显得唐突了。突然被男性要电话号码，麻美感觉像一下子回到了昭和时代，不禁有些害羞。

"没问题吗？"

"什么问题？"

"存入我的号码后，那种病毒说不定会传染到武井先生那里去哦。"

"哈哈哈，没关系。其实哦，有些外贸公司为了获得竞争对手竞标价格的情报，也会动用黑客手段呢。同样，为了防止商业入侵，这类公司的信息安保措施都相当严密，非普通公司能比。"

[①] 日语"勒索病毒"直接使用了英语的"Ransomware"。

"哦,原来还有这种事啊。"

"反正看到可疑的文件不要下载就好了嘛。"

"嗯,话是这么说。"

这时,服务员端上一大盘浸在红色酱汁里的螃蟹。

"哇,好诱人。"

麻美马上夹了一块送进嘴里,酱油和苦椒酱的辛辣立刻激活了味蕾。一口咬下肥美多汁的蟹籽,一股浓郁的甘甜马上在口中绽放。

"母梭子蟹春秋两季产卵,现在这个时候,这里的酱螃蟹是最美味的。你直接用手抓着吃吧,我会假装没看见的。"武井语气调皮地说道。

麻美双手抓住鲜红的酱螃蟹,大口咬了下去。咀嚼着蟹肉,辛辣与甘甜直击脑仁。两人都像着了魔一般沉浸在酱螃蟹的美味中,顾不上说话。

吃完最后一口,武井用湿毛巾擦拭着双手,没来由地问了一句:"麻美对印度尼西亚感兴趣吗?"

"印度尼西亚?我只知道爪哇岛,还有伊斯兰教禁止饮酒。怎么了?"麻美也擦着手反问道。

"游客是可以饮酒的。没什么,只是分配给我的下一个项目与印度尼西亚的天然气开发相关。"

"哇,那真是恭喜你了。"

"可喜确实可喜,不过做这个项目得在那边待五年。"

"要待这么长时间啊?"

"嗯。"

武井比麻美大四岁,五年后他就三十九了。

"那武井君要是结婚的话,就得在印度尼西亚过新婚生活了。"麻美戏谑地说道。就算是武井,也不能一直单身吧。

"唉,要是巴黎或纽约还好说,只可惜是印度尼西亚啊。上班的地方又特别偏远,最近那边还闹恐怖袭击。麻美对那里也没什么好印象吧?"

"特别偏远的地方我确实挺不喜欢的,不过我对那个国家并没有什么坏印象哦。海外我基本都喜欢。不过你问这个干什么?"

麻美甚至觉得自己可能更适合待在外国,因为能从日本烦人的条条框框中解放出来。读书时她就曾经幻想,要是遇到不错的外国人,就跟对方结婚好了。

"哦,那真是太好了。我在想啊,要是能跟麻美一块儿到印度尼西亚去,一定很幸福吧。"

武井到底想说什么?

莫非他想求婚?

"武井先生,你这是……什么意思?"

武井微微一笑,并不说话。

麻美觉得武井是故意让自己尴尬,心中有些不快。于是她决定提起另一个话题。

"对了,武井君还记得大学社团里跟我同年级的山本美奈代吗?"

话音刚落,就见武井的脸上闪过一阵阴云。

"美奈代啊,我记得她跟麻美关系挺好的。"

"对,我们做什么都在一起,还有人以为我们是真正的姐妹呢。"

"是啊,麻美和美奈代连体型都差不多,说是姐妹恐怕也不会有人怀疑。不过美奈代是褐色头发,还比麻美的短不少。我记得她性格开朗，是个很棒的女孩子。"

麻美不禁回想起当年，露出微笑。

"嗯，毕业后我们依旧关系很好，为了节省房租还一起合租过。"

"哦……那么，她去世时你们也住在一起吗？"

"是的。"

能明显感觉到周围的空气都一下子沉重了。

"听说她自杀时我吓了一大跳。当时我人在国外，所以没能参加葬礼。"武井一改刚才轻佻的语气，严肃地说道。

"其实根本没办葬礼。因为当时有很多流言。"

"流言？啊，你是说那个吧。"

麻美没有回应，而是喝了一口啤酒，偷看了一眼武井的表情。

武井进一步追问道："麻美啊，你觉得那个流言，是真的吗？我还听说她得了抑郁症。所以，她是因为那个流言才自杀的吧？"

"不知道。虽然我和她住在一起，但她自杀的真正原因我也不知道。"

"这样啊……"

"不过毫无疑问，那个流言严重伤害了美奈代。有人往家里打奇怪的威胁电话，还有人给她发恶意邮件，我好几次发现她半夜在哭。"

武井没有接话，默默喝着啤酒。热热闹闹的餐厅里，唯有这两人仿如守灵般凝重。

"因为那件事，她跟父母也断了联系，结果直到美奈代死，她家人都没到东京来。"

"这样啊，我听说美奈代的家教很严。"

"对。我跟美奈代什么话都聊。我们同年，境遇也差不多，周围的人经常把我们错认为姐妹。事实上，我们的关系比姐妹还亲。"

"唔……"武井似乎想躲避这个话题，身子向后靠在了椅背上。

"我们会聊各自的工作和恋爱，聊高兴的事，也聊伤心的事。我们还经常聊起武井君。"

"这样啊……"武井尴尬地摸了摸下巴。

"我想你应该很在意那个流言吧。毕竟是跟自己有过关系的女人，真的跑去拍色情片了吗？你肯定很想知道吧。"

这句话把武井惊得瞪大了眼睛，看着麻美。过了一会儿他似乎才调整好情绪，说道："所以美奈代她真的去拍色情片了吗？"

"我不知道，唯独这件事美奈代没有亲口对我说过，我也没问过。"

"哦。"

"不过美奈代会变成那个样子，说不定跟武井君有关。因为她……曾经怀上过武井君的孩子。"

C

"本部长，干脆把波多野淳史列为重要知情人，对他进行公开调查吧。"

毒岛这么一说，本来就一脸郁闷地坐在办公桌旁的齐藤本部长表情更阴郁了。

"波多野有这么大的嫌疑吗？"

后来并未查到波多野淳史在东京其他租车店租用车辆的记

录,因此调查本部没有加深对波多野的怀疑。

"曾到过现场的五辆红色轿车中,只有这个波多野没有查明案发时身在何处啊。而且他驾驶证上的住址是假的,很可能是用假证租的车。"

如果是波多野把五名被害者的尸体埋在了山上,那么,他很可能还持有其他假驾驶证,并用那些假证去租车。甚至不排除直接购买一辆私家车的可能。目前只有这条线索有迹可循,因此毒岛认为可以进行公开调查了。

然而本部长似乎不为所动。

"至少可以以伪造证件罪将其逮捕。"毒岛继续敦促道,"总之现在最可疑的就是他,我认为可以公开调查了。"

"唔……你说得也有道理,只是公开调查还是再等等,但可以继续追踪波多野这条线。"

"只要公开租车公司提供的驾驶证复印件上的照片,还有N系统抓拍到的画面,应该能收集到非常多的确凿信息。但如果不公开调查,就很难了。"

"N系统?这就难办了。"

一听到N系统,本部长更加谨慎了起来。

"为什么?"

"N系统拍摄到的画面非常清晰,早就有相关组织在抗议了,说这属于侵犯隐私。这起案子已经这么引人注目了,这时再向大众发放如此清晰的图像,搞不好会惹麻烦啊。"

"可是,如果再不破案,麻烦不是更大吗?首相都催促了,再这样下去,搞不好会危及本部长的帽子啊。"

齐藤本部长烦躁地站起身,踱步到旁边的沙发上,一屁股坐了下去。

"我的帽子早就危险了。如果此人确定跟案件有关，那还好说。要是公开之后却查出他跟案子毫无关系，届时 N 系统不就完蛋了？万一出现这种情况，搞不好连县警老大的帽子都保不住。"

"那就先以使用假证罪拘捕波多野淳史吧，可以进一步审讯。"

"毒岛啊，你能肯定用假证租车，并被 N 系统拍到的人就是波多野淳史吗？"

"啊，您什么意思？"

"你自己看看驾驶证复印件上的照片，再看看 N 系统拍到的，像是同一个人吗？"

毒岛闻言诧异地看向桌上的资料。驾驶证上是个短发蓄须的男人；N 系统拍到的司机没有胡须，头发很长，戴着一副黑帮老大戴的那种墨镜，但看起来像个御宅族。

确实不太像。

"驾驶证照片上的胡须可能是假的，N 系统那张则有可能戴了假发。"毒岛思考着说道。

"我不否定你说的这个可能性，但在我看来，驾驶证上的男人脸更圆，似乎更胖。"

毒岛抿着嘴，仔细对比两张照片。

"的确如此。不过他可能拍照时往嘴里塞了棉花，故意让脸比实际情况胖，毕竟是制作假证嘛。"

"如果真如你所说，那我们公开这张照片不是只会给调查添乱吗？而 N 系统拍到的他戴着太阳镜，根本看不见眼睛。公开一张伪造的照片，一张缺乏重要特征的照片，这样很难收集到有力的证据吧？"

毒岛很难反驳。事实上,调查时确实因为这副太阳镜而阻碍了指认。

"再说了,我们甚至无法确定这张假证上的照片是不是他本人。既然是假证,随便找张照片也能做出来吧。"

"租车公司总要核对一下租车人和证件是否相符吧。"

"这就要看那家租车公司在这方面有多认真了。毒岛啊,如今首先还是要弄清楚被害者的身份,调查就会有进展。"

"在这一点上我也很奇怪,怎么还没查到被害人的身份呢?"毒岛忍不住大声问道。

搜查本部长无奈地叹了口气,轻声说道:"也该是时候了。"

B

"今天早上我在车站看见麻美队长了,当时你在认真看书。是在看小说吗?可以告诉我书名吗?"

收到了小柳的消息,麻美脸上顿时失去了血色。

今天早上在站台等车时她确实在读昨天刚买的小说,小柳估计就是那时看到她的。此前小柳会跟着去麻美去过的地方,比如银座的电影院和涩谷的餐厅,但现在变成他也会出现在麻美几乎每天都会出现的祐天寺车站,这就不是同一回事了。他有可能偷窥,有可能尾随,最糟糕的是,还有可能在站台上从后面猛推麻美一把……想到这里,麻美突然打了个冷战。

她很想大方地回复一句"那你直接叫我一声不就好了",可想到万一哪天他真的在车站开口叫自己,想想似乎更害怕。

搬家那次之后小柳又发来过几次消息,麻美再次询问他住在哪里,小柳只回了一句"在车站的另一头"。不仅含糊,而且难辨真伪。

麻美跟小柳的网友关系发展到了进退两难的境地。莫非真要像加奈子说的那样,发一张素颜抠鼻孔的照片给他吗。

但眼下麻美是真的害怕了,她冷静地编辑了这样一条消息:"很感谢小柳先生的好意,但我现在有一个以结婚为前提交往的男朋友,因此不能接受您的好意。"咬咬牙发送了过去。

虽然有点唐突,但也没办法了。都说到这个份上了,小柳应该会停止纠缠吧。发完麻美便带着一丝希望以及快要撑破心脏的不安,等待小柳的回复。

幸好对方很快就回复了。

"那真是太遗憾了。我见你跟富田先生一起过,那么麻美队长是打算跟富田先生结婚吗?"

麻美还担心小柳会恼羞成怒,或直接不回复。马上看到这条还算温和的回复,麻美不由得松了口气。

可是该如何回复呢?

如果实话实说,小柳会不会找富田撒气?麻美回想起小柳的模样,看起来不像是会做出格的事的人,不过他主管人事,搞不好会利用职权给富田穿小鞋。

而且话说回来,跟富田的婚事还一点进展都没有,情况甚至有些倒退。

麻烦就麻烦在现实生活中还有交集,如果对方是陌生人,就可以随便编造一个谎言应付。可小柳是现实中认识的人,蹩脚的谎言轻易就会被拆穿。

麻美的脑海中突然出现了武井,干脆就说自己在跟武井交往吧。再亮出 M 商事这个大招牌,小柳估计就不敢乱来了。

"我没在跟富田先生交往,男朋友在 M 商事工作。希望小柳先生也能找到优秀的女性，早日获得幸福。"

这么说也不算彻头彻尾的谎言。上次同意见武井，麻美本来是想替好友质问，同时亲眼看看他的反应的。没想到即便如此，约会结束后武井还是向麻美索吻了。麻美没有拒绝，内心却有点无语。让一个女人堕了胎，那女孩后来还自杀了，他竟然还能在讨论完这件事后有心情跟对方的好朋友缠绵。而且回家途中他又一次面不改色地邀请麻美到酒店去。麻美当然拒绝了，但临别时武井对她说的话她却无法忘记。

"一般成年人头一次约会不会邀请人家去酒店，不过第三次就可以了，对吧？"

他还跟以前一样，是个擅长跟女人相处的花花公子。

如果自己还是个不到二十岁的孩子，说不定会迷上这个人，只是现在她三十岁了，麻美认为自己已经领会了男人的真正价值。

只是，麻美还是很在意，印度尼西亚那番话，他是当真的吗？

如果武井真想跟她结婚，并且能带她远离日本，到遥远的海外，麻美确实会好好考虑。她总觉得远方有全新的人生在等待自己。

手机铃声打断了麻美的沉思。

"不是富田就太好了。其实他在公司的风评不怎么好，我还想着要是麻美队长正在跟他交往，就得告诉你一些事情。那么，就祝你和M商事的人获得幸福。"

收到了这样一条信息。

风评不好？这是什么意思？莫非是出轨？小柳在人事部，能得到的信息远远不止这种男女小事。莫非他挪用公司的钱了？

"富田先生为什么风评不好？我虽然没在跟他交往，但毕竟相熟，如果方便的话，请告诉我吧。"麻美咬咬牙，回了一条信息。

正在考虑的结婚对象却被说"在公司风评不好",自然不能置之不理。

"富田先生跟一个老同学交往了很长时间,后来他被人盗刷信用卡,找那个女朋友借了不少钱。结果他不仅不还钱,还提出分手。于是他女朋友一气之下把电话打到了公司的人事部,叫我们扣富田的工资。这件事在人事部内部有几个人知道。"

C

"毒岛先生,好像终于找到跟被害者有关的线索了。"

例行调查回来,加贺谷开口第一句话就是这个。

"真的吗?"毒岛也刚回来不久,马上激动地凑了过去。

"池上聪子,二十三岁,住在池袋,半年前突然失踪,有人今天向警方报案了。"

毒岛腋下和背后都大汗淋漓,他一边用手帕擦汗,一边听加贺谷汇报。

"这名失踪者的体型与第三名被害者基本相同,失踪时期跟死亡时间也基本一致。目前搜查本部已经派人去池袋周边调查了,并且在各个牙医诊所询问,看是否存在失踪者的治疗记录。"

"为什么不直接做 DNA 检测呢?"

"池袋的公寓早就退掉了,目前还没有失踪者的物品。搜查本部正在联系她老家,看能否找到可提取 DNA 的物品。"

"池上聪子的老家在哪儿?"

"北海道的道北,特别偏僻。"

"这个池上聪子在东京做什么?"

"卖淫。"

"卖淫?"毒岛十分惊讶。

"是的。池上聪子好像高中一毕业就到了东京,一开始还挂靠在派遣劳务公司认真工作,但很快就进入肉体交易世界,最后在池袋周边做应召女郎。"加贺谷看着记事本说。

毒岛拿起办公桌上的文件给自己扇风。今天气温高达三十度,警署内部又在搞什么夏季简装办公①,额头上的汗水好不容易退下去了,身上的汗想必一时半会儿还干不了。

"池上聪子的交友关系怎么样?"

"据之前她所属的女郎店店长说,她没什么朋友。哦,正是这位店长报的警,他说看到最近的一系列报道,联想到这姑娘失踪时很蹊跷,才报了警。"

"蹊跷?具体有多蹊跷?"

"池上聪子是那家店的头牌,半年前突然辞职,而且只发了一封电子邮件说辞职,至此就消失不见了。"

"这很奇怪吗?那个行业里,这种事很正常吧。比如突然被竞争对手挖走了。"

"唔,其实这位店长跟池上聪子是恋人关系。店长也说如果只是小姐突然消失,倒也可以理解。只是恋人突然不见了,怎么想都很奇怪。"

"不是因为吵架什么的才突然消失吗?"

"店长说他们都谈婚论嫁了。"

毒岛思考了一会儿,抬手擦掉这几天被晒得黝黑的额头上的汗水,脑子里突然冒出一个很简单的疑问。

---

①指夏季穿着短袖衬衣等清凉衣物,减少空调使用量、调高冷气温度的办公方式。

"加贺谷啊，池上聪子的顾客里有没有波多野淳史？"

"这个还不确定。去店里询问的警员当然也给店长看了波多野的照片，但对方回答说没有印象，看登记簿的话目前没发现波多野淳史这个姓名。"

"我是没叫过应召女郎，叫小姐要出示身份证吗？"

"似乎不用，甚至可以用假名。不过要登记电话号码。"

毒岛"哦"地应了一声，又想起早晨询问本部长是否有新的关于波多野淳史的消息，本部长说已经打算下令拿着N系统拍到的照片和假驾驶证上的照片到各个租车店和咖啡网吧进行大范围调查了。

"还是没查到波多野淳史这个人啊……"毒岛嘟囔道。

"是的，刚才我去问过了，还是没有。"

毒岛一手捻起贴在身上的衬衫，一手拿着文件呼啦呼啦地扇。

A

"今天接到一个恶作剧电话，说你被杀了。妈妈已经对那个人说他认错人了。不过最近东京出了很可怕的案子，你一定要小心哦。"

池上聪子的手机收到了这么一条信息。

看来警方终于确定了尸体的身份，找到池上聪子了。

"东京真的有好多可怕的案子，我太害怕了。这次暑期我可能会回北海道。另外，这个月的钱我已经汇过去了，大家吃点好吃的吧。聪子。"

男人给池上聪子的母亲回了信息。

聪子的父亲五年前去世了，心疼母亲的聪子每月都会往家里汇几万日元，那是她当应召女郎赚到的钱。为了让老家的母亲坚信女儿还活着，现在男人每月会替她汇那笔钱。不过眼下情况紧急，保险起见，他还得再想个办法确保万无一失。

男人打开电脑里的视频编辑软件。这个软件不仅能剪辑视频，还能编辑音频。随后他加载了存好的池上聪子的声音数据。

"最近好吗？什么时候到店里来？请给我打电话哦。""今天很开心，下次也一定要再叫我哦。""谢谢你送给我的礼物。""晚安，拜拜。""工作要加油哦。""最近好吗，我很好哦。"

男人早就预料到会出这种事，便把之前池上聪子的电话留言全都保存在了电脑里。他快速地剪辑、拼接这几段音频，最终做成了一句："我很好，谢谢你。下次再给我打电话哦。晚安，拜拜。"

他播放了一遍刚制作好的音频，其实仔细一听，词语间的连接还是有点奇怪。不过聪子的母亲住在北海道的乡下，想必不会发现其中有异。

看一眼时钟，已经凌晨两点了。

男人拿出放在运动包里的另一部手机，拨打了池上聪子母亲的号码。此时对方肯定睡熟了，因此铃声响了几次之后，切换到了语音信箱。正如所料。

男人挂掉电话，又用池上聪子的手机打了过去。

铃声又响了几下。

这时他脑中猛然闪过不好的预感。刚才那通电话会不会把池上聪子的母亲吵醒了？

若是刚才那个号码接通，他还可以用一句"打错了"糊弄过去，可现在是用她女儿的手机拨的啊。肯定不能说话，只能那边一接起电话这边就挂掉。可是，女儿大半夜的打电话过来，却什么都不说就挂了,做母亲的肯定会觉得是不是出了什么事。更何况警察刚联系过她。当然,可以事后发邮件说"昨晚信号不好",但打电话却不说话的疑点还是会留在对方心里。好不容易把对方骗到现在,莫非这次反倒是自掘坟墓了?

男人身体僵硬地等待铃声转为留言提醒,他罕见地感到紧张。

四声、五声,铃声震荡着耳膜。

六声、七声。男人拼死忍住挂掉电话的冲动,带着祈祷的心情倾听。

好不容易等到留言提醒了,男人总算松了口气。听到"哔"的信号音后,他把手机凑到电脑扬声器附近,按下播放键。

"我很好,谢谢你。下次再给我打电话哦。晚安,拜拜。"

挂掉电话后男人已经出了一头大汗。总算是处理完了,但警方那边查到了身份已是避免不了的,看来要尽快处理掉这部手机。

警方第一个发现的竟是池上,这让男人有些措手不及。男人会在一定时间内持续与女孩们的亲朋好友联系,制造她们还活着的假象:一方面是留充分的时间处理遗留物品,让痕迹都自然消失;另一方面就是考虑到不能随意丢弃手机,必须在适当的时机妥善处置。

因为能通过手机查找历史定位,如果亲属报案后警方马上就发现了手机,就能顺着找过来了。因此打时间差是最好的迷惑方式。

手机真是一把双刃剑。一旦查到定位信息,藏身地点就会曝光;可是另一方面,又能通过女孩们的手机,得知警方是否联系了她们的家人,毕竟接到警方那样的联络,肯定会第一时间打电话给当事人。

可这次，还没来得及好好处理池上聪子的手机，警方就找到她家去了。眼下还能有什么好办法呢？

男人打开电脑，在网上四处寻找。他已经做好最坏的打算，实在不行就到暗网上去买软件。可没想到，很快就找到了有用的东西。

一个可以伪造手机定位信息的应用。

此前，追踪手机定位信息的应用一度火爆，很多人用它来调查恋人是否出轨。之后很快就有人开发出了伪造定位信息的应用。技术的进步速度实在惊人。而最近又因为"宝可梦GO"这款定位游戏刮起风潮，引来更多人关注这类软件的另类用法。

男人马上给池上聪子的手机安装了伪造定位的应用。

试试看吧，如果这次处理得好，就给其他所有还没来得及处理的手机都安装这个应用。

还不是焦虑的时候，要到万不得已之时再扔掉手机。

B

"富田君，上回你的信用卡被人盗刷，我不是没借给你钱嘛，后来你找谁借了？"

周末，麻美来到富田家，刚见面就问起这事，因为她一直惦记着小柳发的信息。

"啊？哦，以前的朋友。我高中有个好朋友，家里很有钱，我就去找他借了一笔钱，带利息的。真是帮了大忙了。"

"你那个好朋友是女人，还是男人？"

"嗯？当然是男人啊。"

"真的？"

"是啊，怎么突然问起这个？"

能相信富田的话吗？麻美目不转睛地盯着他。

"不是上回给我发合影的那个大胸女人吗？"

"什么啊？再说，那照片又不是她发的。"

"那个大胸女人真的跟富田君没有特殊关系吗？请你老实告诉我。"麻美盯着富田问道。这个人无法看着自己的眼睛撒谎，所以，他要是移开目光，就证明说的话不可信。

"你怎么突然问这些啊？"

"少啰唆，回答我的问题。"

"嗯……高中时我们关系很好，交往过一小段时间。"

"什么鬼啊，那你们就是炮友！"

"怎么能说是炮友呢……"

"反正做过了吧。"

"我们当时还是高中生啊……没做那种事。"

富田说这话时，眼神飘向了右上方。紧接着突然语气强硬地说："麻美干吗追究那么久远的事情啊，在我之前你肯定也跟别的男人交往过吧。"

麻美现在满脑子都是"小柳发的信息可信度很高啊"，再深入一想，富田急着用钱时去找了前女友，两人的感情可能就此死灰复燃了。

"你信用卡被盗刷时，真的不是找那个大胸女人借的钱？"麻美忍不住再次问道。

"不是啦。"富田有点不愉快地否认。

"什么不是啊，你肯定跟那女人做过吧。然后你借钱不还，我才收到了那张照片。"

"你说什么呢，别说梦话了好吗！还是说，是从谁那儿听到这种话的？"

富田少见地语气很重，麻美感觉像被自己养的狗咬了手，心中充满震惊和愤怒。

"对，是有人亲口告诉我的。"

"谁啊，为什么对你说这种话？"

"就是你们公司的小柳。"

"小柳？人事的小柳？"

"对啊。他说那个大胸女人直接往人事部打电话了。"

"诶……真的吗？"

富田的表情突然阴郁下来。这一瞬间，麻美觉得跟这个人快完蛋了。每次跟男友分手前她都有这种感觉。两人一直关系很好，但不知从何时起，富田开始离她越来越远了。

"嗯。我和小柳经常通过Facebook发消息，后来我觉得他有点像网络跟踪狂，就告诉他我有男朋友了。结果他猜测富田君是我的男朋友，还特意把那种事告诉了我。"

"所以你才那样？"

"什么？哪样啊？"

"麻美啊，武井雄哉是谁？"

麻美的心跳猛然加快了。

"啊，富田君怎么会知道武井先生？"

"也是小柳告诉我的。他专门在Facebook上给我发消息，说麻美要跟M商事的一个叫武井雄哉的人结婚了。"

"什么？真的吗？"

"真的。"

麻美一时间无法理解眼前的事态。

"所以这个武井到底是谁啊？"富田笔直地看着麻美的双眼，

问道。

"只是我大学里的前辈，哪儿来的结婚啊……"麻美低头看着左下方说。

C

"池上聪子还活着？"

毒岛正独自在吸烟室里吸烟，加贺谷突然带着新消息走了进来。听罢毒岛不禁反问。

加贺谷一脸严肃地回答道："嗯，搜查本部派人联系了池上聪子的老家，结果池上的母亲说，我们家聪子还活着啊，一定是搞错了吧。"

"这是怎么回事啊？"

"那位母亲说，当地警察来询问女儿的情况时她被吓了一跳，但没过多久就接到了女儿打来的电话。池上聪子似乎一直跟母亲保持着联系，老人家很笃定地说那具尸体不是自己的女儿，聪子还在池袋做派遣员工。"

"池上聪子和母亲通过电话？那位母亲确定电话那边是女儿吗？"

"她很确定。"

"既然母亲都如此确定，那么就不是池上聪子吧。"

"是啊。不过这样一来，山上的尸体又是谁呢？"加贺谷歪着头说。

毒岛又猛吸一口烟，吐出后问道："话说回来，牙医那边呢？发现跟尸体相符的牙医治疗记录了吗？"

"好像还没有。搜查本部扩大了调查范围，不仅限于池袋周边的牙科诊所。"

毒岛心中很失望，得知死者可能是池上聪子时，他还以为调查终于有进展了，没想到再次隐入水下。毒岛手里的香烟升腾起一道笔直的白烟。加贺谷也从口袋里拿出香烟，叼了一根在嘴里。

"去警局报案说池上聪子失踪了的，是她的老板兼恋人，对吧？"

"对。"

"给他看过 N 系统拍到的波多野淳史的照片了吧，怎么样，他认得吗？"

"给他看过了，他说感觉有类似的客人，但没什么把握。回答得很含糊。"

"仅凭一张戴着墨镜的照片确实很难说啊。"

毒岛把长长的烟灰弹进烟灰缸，又把香烟送到嘴边。加贺谷看着他，也动作利索地点燃了嘴里的香烟。

"你知道那位店长的联系方式吗？"毒岛又问。

"您问这个做什么？"

"我想直接去问问本人。虽然会惹老大生气吧。"

"是啊，池袋可是警视厅的辖区。"

"嗯……"毒岛随便应了一声，把只剩短短一截的香烟摁灭在烟灰缸里，转过头换了个话题，"DNA 查了吗？"

"没法查。本来打算让北海道那边的警员去池上家提取 DNA 的，可那位母亲一口咬定自己女儿没死，并且对此很排斥。"

"可以理解。而且都通过电话了，想必不会错。会不会那位应召女郎并不是池上聪子，而是借用了这个名字呢？"

"确实有这个可能……您的意思是，死的确实是报了失踪的应召女郎，但并非北海道的池上聪子？唔，虽说做应召女郎的女人在登记时可能会不想留下真实姓名，可是至于连恋人都瞒着吗？"

"而且，为什么要给自己起池上聪子这个名字呢，又不是田中花子这种普通的名字。就算池上聪子是假名，也肯定有叫它的理由吧。"

"莫非这两个人认识？"

"有可能。池上聪子在店里用的是什么名字？"

"凯瑟琳。"加贺谷翻开记事本边看边回答。

"凯瑟琳啊……"毒岛嘀咕着站了起来，"今后得把风俗业从业者也纳入调查对象，凶手有可能就是这么认识被害人的。"

毒岛低头瞥了一眼手中波多野的照片。

B

被富田追着问了许多关于武井的事情，麻美实在尴尬，找了借口逃出了富田家。她又伤心又窝火，灌了许多酒后钻进被窝，可还是因为心情郁闷，迟迟睡不着。

她感觉跟富田会因为这件事而分手。

那跟武井会有下文吗？麻美觉得也很难说。自己到底想要什么呢？麻美在黑暗中尝试整理自己的心情。到底该选择富田还是武井？还是一个人过？

突然，昏暗的房间中响起了手机铃声。

是短信。麻美猜测是富田发来的，因为以前不欢而散后都是那家伙低头道歉。

麻美心想，如果他态度诚恳，就原谅他吧。

"我有麻美队长见不得人的照片,马上就发到Facebook上去。"

却是这样一条信息。

见不得人的照片?

信息来自一个陌生号码,但只有小柳叫她"麻美队长"。可是小柳只在Facebook上私信过麻美,从未直接通过信息联络。

有不好的预感。

整晚上脑子里全是富田和武井,却忽略了小柳的问题也还没解决。此前用要跟武井结婚这样的话刺激了小柳,莫非他要做什么出格的事报复?

麻美正想着,又收到了新信息。

"我把见不得人的照片也发到队长的邮箱里了。"

麻美慌忙打开手机上的邮箱。

那封邮件附有好几个附件。麻美战战兢兢地打开,顿时全身都僵住了。

竟是自己一丝不挂的裸照。

有三张照片,一张是上半身裸露的,一张是一手撩起头发、一手放在腰间的,还有一张双腿张开,私处暴露无遗。是跟富田在一起时开玩笑拍下的东西。

为什么小柳会有这几张照片?

莫非富田自暴自弃地把照片传到了网上?

这些照片已经被小柳发到Facebook上了吗?

麻美感到眼前一黑,几乎昏厥,但还是跑到电脑边,用震颤的手指点开了Facebook。

然而,登录界面显示"账号或密码错误"。

她再一次输入密码。还是错误,登录不上去。

为什么?按错键了?字母大小写搞错了?还是自己换过密码

但忘记了？

她又换了个常用密码输入了一遍，还是无法登录。

不知何时麻美已泪流满面。

早知道就不该让富田拍这种照片，她当时是被求得烦了才答应的，万万没想到会变成这样。

麻美拿起手机拨通富田的电话，没人接。她又恼怒地打了很多遍，却一直无人接听。这个人真是的，关键时刻永远靠不住，麻美已在心里痛骂了无数遍。

"我有麻美队长见不得人的照片，马上就发到Facebook上去。"

再看一遍信息，绝望感再次席卷而来。

要是这三张照片被传到网上，她就不活了。信息上说"马上"，那么此时说不定已经传上去了。

到底是谁？为什么要做这种事？

真的是小柳守吗？反正最可疑的是他。该不该直接拨打这个发信息的陌生号码，问清对方到底有什么目的？如果答应对方的要求，是否能阻止照片的散播呢？

不管了，先打电话过去吧。麻美战战兢兢地点击了那个陌生号码。

一声、两声……听筒里传出铃声。

真的是小柳守吗？不是他的话又会是谁呢？那人会提出什么条件交换不上传照片呢？是钱？还是要麻美的身体？

没人接电话。

这下该怎么办？麻美感到口干舌燥，盯着手机不知所措。

再看看邮件里有什么线索吧。麻美鼓足勇气再次打开那封邮件，仔细一看，除了三张照片，还有一个附件。刚才点击了"打开所有附件"，但只弹出三张照片，于是麻美这次只点了一下第四个附件，然而什么都没有。这是什么？就在这时，正盯着的手机突然响了，麻美吓得差点儿把手机甩出去。

来电人是一个陌生号码。是发照片的人吗？终于来提要求了吗？麻美用颤抖的手按下通话键。

"你好。"

"喂，我是武井，麻美，你太过分了吧，你到底什么意思啊？"

电话那边传来武井的声音。

"啊？什么？喂，武井先生？出什么事了？"

"麻美，我请求你赶快把Facebook上的照片删掉。你上传那张照片到底是什么意思？而且还到处说我坏话，你想干吗啊？"

武井似乎很生气，语气中完全不见先前的温柔。

"啊？你说什么？"

但麻美根本听不明白武井在说什么。

"我隐瞒已婚的事确实不好，可你也不能突然发那种照片啊，太可耻了吧！"

武井结婚了？越来越听不明白了，而且武井的语气确实很生气。

"武井先生，等一下——"

"赶快给我删掉，否则我会采取法律手段。再见。"

武井直接扔下这句话，就把电话挂了。

Facebook一定出问题了。麻美再次尝试登录，依旧显示"账号或密码错误"。

这是为什么？

情急之下麻美拨通了加奈子的手机。这么晚了她还醒着吗？而且是周末晚上，她会接电话吗？铃声响了八次，终于听到了加奈子疲惫的声音。

"喂,加奈子?我跟你说,我登不上 Facebook 了。"

"啊,果然如此。"

"果然?而且武井君给我打了奇怪的电话。加奈子,你能看一下我的 Facebook 吗?"

"我正在看呢。"

"到底什么情况?"

"你发了一张武井先生跟你亲嘴的照片。"

"啊?!这是怎么回事?"

麻美脑子里嗡地响了一声。

"这不是你发的吧?"加奈子倒是淡定。

"那当然了,我就没拍过那种照片。我刚才一直尝试登录,就是登不上去。"

"登录不上?"

"对。我试了好几次了,一直说密码错误。"

"麻美,你的账号被盗了。"

"被盗?"

"嗯。而且我收到了很多你发来的私信,内容真是劲爆啊。"

"什么私信?"

"听着啊。'武井雄哉明明有老婆,却还玩弄我的身体。'还有一条。'M 商事的武井脚踏十条船,是个大渣男。'"

"什么啊,我根本没发过这种东西。"

"所以我才说你的账号被盗了呀。一定也是盗号的人把那张接吻的照片发上去的。你之所以登录不上,是因为密码被盗用者改了。"

"加奈子,我该怎么办?"

"你等等，我帮你问问怎么找回账号。一会儿给你回电话。"

说完加奈子就把电话挂了。

麻美彻底陷入了混乱。小柳发来的裸照，武井打来的电话……他竟然结婚了！还有Facebook账号被盗，她跟武井亲吻的照片，莫名其妙的私信……

这时，门外突然传来响亮的脚步声。是谁在噔噔噔地上楼梯，可以确定不是高跟鞋发出的。麻美看了一眼时钟，快半夜一点了。脚步声正清晰无误地朝自己所住的房间靠近。

麻美回忆着同楼层的邻居，记得右边住着一个学生，左边好像最近刚换了住户……她不记得自己见过新住户。

莫非——

莫非就是小柳守？

麻美感到心脏漏跳了一拍，慌忙冲进厨房，从水槽底下的柜子里拿出一把大菜刀握在手中，再走到门边，目不转睛地盯着门锁。房门锁好了，但这么薄的门，要是个稍微健壮一点的男人，感觉一下子就能撞开。

脚步声在一步一步地靠近，麻美在心中祈祷，然而那声音就恰好在门前戛然而止。

麻美感到腿软，几乎站立不稳。手抖个不停，搞不好手中的菜刀会伤到自己。

要是此时门被撞开，就算对方是个瘦弱的男人，她也无力抵抗。

时间变得异常缓慢。几秒钟漫长得像好几分钟。

心跳越来越快，麻美害怕得忍不住闭上了眼睛。

咔嚓。

开锁的声音。

麻美握紧手中的刀,眼睛微微张开,看到房门依旧锁得好好的。

是隔壁。紧接着她就听见隔壁房门打开的声音。

麻美整个人瘫倒在地,菜刀扔到一边,急促地喘息着。她已经出了一身冷汗。

要报警吗?

可是并没有发生恶性事件。只是无法登录Facebook,警方不会理睬的吧。说自己被人用裸照威胁应该可以,那可是彻头彻尾的犯罪。只不过这样一来是不是就要向警方出示裸照了呢?那可不行。有没有更好的解决办法呢?

她又给富田打了一次电话,还是没人接。这人真是靠不住。

麻美还想再打一次加奈子的电话,但考虑到这么晚了,而且加奈子明明说了找到办法会回电话,感觉再打扰也不合适。

坐立不安的麻美回到电脑前,突然想到要不试试在电脑上打开第四个附件。

麻美首先注意到邮箱地址上分明写着"yanagi"[①]。

果然是小柳守。刚才怎么没注意看呢。

一想到小柳守也住在祐天寺的某个地方,麻美感到更害怕了。

还是马上报警吧。做出决定的同时,她点击了第四个附件。

"啊。"麻美不由得惊呼。

因为电脑屏幕上马上弹出一条消息:"这台设备已被锁定,若想解锁,避免艳照散布到网上,就在二十四小时内缴纳三十万日元。"

[①] "yanagi"日语可写作"柳"。

C

写着"时尚保健"的艳俗霓虹招牌下,有一摊呕吐物的痕迹。

"你见过这张照片上的人吗?"

毒岛向身穿黑衣、系蝴蝶领结的店员一一出示了 N 系统拍到的照片,可所有人看到都直摇头。

"那这张呢?"

他又拿出假驾照上的照片。

"没印象。"

毒岛问遍了小田原附近所有的风俗店,但没有一个人见过波多野。不过应召女郎这种地方就很难调查了,因为搞不清楚具体在哪里。

"他可能不在这一带出没。"加贺谷有些丧气地说。

毒岛没有理睬,转身迈步,余光瞥到了旁边的一家小网咖。

"喂,加贺谷,接下来去那家店。"

毒岛指着一栋杂居大楼的三楼,那里挂着一个招牌,上面写着"彩虹网咖"几个字。

店长马上否认见过照片上的人,又叫住一位系着茶色围裙的男生说:"班长,你见过这位客人吗?"

似乎实际接待工作都由这个褐色头发的兼职员工完成。

"嗯?怎么了?"

"他是一起案子的关键人物,不知您是否见过?"毒岛问道。

"唔——"

褐色头发的兼职员工歪着脑袋,仿佛在回忆什么。

"感觉好像在哪儿见过,不过这张照片上的脸都被墨镜遮住了,实在认不出来啊。"

"那这张呢?"

毒岛说着又拿出了驾驶证上的波多野淳史的照片。

"唔……"

"怎么样?"

"他跟刚才那个是同一个人?"

"有可能不是,但也有可能只是同一个人的变装。"

"是嘛……这个没见过,这种黑社会一样的人到店里来的话,我应该记得很清楚才对。"

青年把照片递还给了毒岛,抬起头诚恳地说:"能让我再看一眼刚才那张照片吗?"

毒岛赶忙递过去,只见褐发青年一脸专注地看着照片,店长也凑过去,歪着头努力回忆。毒岛看了一眼墙上的时钟,晚上八点了。看着兼职青年努力回忆的侧脸,毒岛喝了一口纸杯装的咖啡。味道很一般,就像黑颜色的开水。

"怎么样,您有印象吗?"

"唔……好像见过,又好像没见过。"

褐发青年是第一个没有一口咬定没见过的人。

"是某位到店的客人跟他很像吗?"

毒岛问了一句,兼职青年又歪着脑袋看了一会儿照片。

"唔,不过我们店里经常有这样的客人,可能确实只是有些相似的人而已。"

毒岛大失所望,转而问道:"对了,贵店是如何确认个人身份的?"

未成年人深夜不能进入网咖,因此这类店铺都有义务要求客人出示身份证明。

"驾照,学生证,各种证件都行。"

兼职青年瞥了店长一眼。

"资料的复印件都保存着吗？"

"嗯，当然保存了。"店长大声回答。

"能让我们看看吗？"

"呃……现在吗？"

店长明显露出为难的表情。

"有什么问题吗？"

"既然是警方的要求，那当然可以啦。只是那些资料许久未整理了，马上要看恐怕有些困难啊。"

柜台里面确实很杂乱，想必这里的顾客管理也十分松懈。

"那能否直接在电脑里搜索波多野淳史这个名字呢？贵店应该有登录记录的吧。"

"啊，可以的。波多野淳史吗？请稍等。"

店长马上操作起柜台里的电脑。

"波多野……淳史。啊，我们这儿没登记过这个名字。"

B

电脑被勒索软件锁住后，麻美想到的第一件事是翻找浦野善治的名片。半夜一点给他打电话似乎有些不妥，但麻美此时别无他法。

好在浦野一下就联系上了，并爽快地答应帮她看看电脑，只是明天和后天都有工作要忙，实在抽不出空。最终他留下一句"我问问有谁能替我去"，挂了电话，几分钟后又打过来说，"没找到合适的人，要是你愿意帮我出出租车费，我可以现在赶过去看看。"

深夜让年轻男子进屋，麻美也有些犹豫，不过她又想，像他那样认真负责的年轻人，应该不会干蠢事吧。最关键的在于她已经没时间了，盗号的人随时都有可能把裸照传到 Facebook 上。

"这时候把你叫来，真是太对不起了。"

"没关系。如果是上次富田先生手机中的那种勒索病毒，用复原工具很快就能解开。"浦野接过麻美泡的咖啡，微笑着说。

麻美心知，这次可没那么简单。就算很快解锁了，也不算解决问题。因为照片还在对方手上，Facebook 账号又被盗了，对方随时有可能把照片散播出去。看来只好对浦野和盘托出了。

"浦野先生，其实这次跟上次有点不一样。我收到了这样的威胁短信。"

麻美说完把手机拿给浦野看。

"我有麻美队长见不得人的照片，马上就发到 Facebook 上去。"

"照片？什么照片？"

麻美犹豫了一会儿，最终，为了让浦野意识到问题的严重性，她把相对来说程度最保守的上半身赤裸的那张照片给他看了。

浦野瞪大眼睛，轮番看着手机上的照片和麻美的脸。

很快，他的视线就移向了麻美粉红色 T 恤下的胸部……以及再往下的地方。麻美感到难以忍耐，拿回手机，低下头，同时感到脸颊滚烫。

"这是……稻叶姐吗？"

浦野总算打破了漫长的沉默。

"是的，所以不光是电脑解锁的问题。我在想，是不是该交这三十万呢？"

"这张照片是在哪里拍的？"

"是富田君偷拍的。没想到竟会传出去。"

其实是在麻美同意的前提下拍的，只是在浦野面前她选择了说谎。

"唔……看来发送勒索软件的人应该是从富田先生那儿搞到了这些照片。"

"可我联系不上富田君，具体情况也就不是很清楚。是不是该报警啊？"

"我觉得最好报警。你猜测是谁发来的这封邮件？"

被他这么一问，麻美就把她跟小柳守的事情，以及Facebook账号被盗的事情都说了出来。

"那你向Facebook反馈账号被盗的情况了吗？"

"嗯？没有。"

"这可不行，你应该马上反馈。"

"可是我的电脑变成这样了。"麻美一脸绝望地指着被当成人质、毫无反应的电脑。

"啊，也对。那用我的电脑吧。"

说完，浦野就拿出了自己的电脑。

"你照我说的做，先把盗号情况反馈到Facebook系统。"

浦野打开Facebook，检索"稻叶麻美"，页面上很快就显示出她跟武井一起喝酒的照片，以及下车时被武井强吻那一刻的照片。但单从照片上看，也只是两个彼此深爱的人毫不顾忌旁人的目光，纵情拥吻。

麻美很感激浦野没有评论这两张照片，并接过电脑，按照他的指示操作起来。

"嗯，这样就行了，不过系统不会马上锁号，会有一段反应时间。"

此时麻美感觉浦野真是靠得住。

"稻叶姐,发送勒索软件的会不会是富田先生啊?或者富田先生跟别人串通起来陷害稻叶姐?"浦野问了一句。

"怎么可能!"

"可是裸照就是富田先生拍的,不是吗?"

"是他没错……"

而且两人确实闹了点矛盾,不过麻美怎么也不相信那个蠢蛋会干出这么复杂的坏事。

浦野看了看麻美,又转而敲击起键盘来。

"还是先把电脑复原吧。我记下了支付赎金的链接,随时都可以支付。另外,从你刚才说的来看,也很有可能是那个小柳。那条短信的发信人号码应该能成为抓住他的线索。"

"嗯……"

浦野突然转头看着麻美,银框眼镜后面的双眼莫名地充满自信。

"稻叶姐,还有一个办法,就是干脆给他也发一个勒索软件,把对方的电脑或手机劫持过来。以眼还眼,以牙还牙。那样一来,我们就有筹码阻止他散布照片了。"

"可是,那样做对方不会变本加厉吗?"麻美被这个大胆的想法吓到了。

浦野有些不好意思地转回头看着电脑。

"唔,倒也是,把稻叶姐放到这么危险的位置实在不妥。要不然我假装成警察给他发条信息,说老老实实删除照片,否则就依法逮捕你。你看怎么样?"

"警察也可以伪装吗?"

"嗯。骇客行事完全靠技术，若遇到技术比自己更高超的，就毫无办法啦。对方说不定一下就举手投降了。"

麻美注视着浦野聚精会神的侧脸。这个皮肤白皙的青年究竟有多高超的技术？

浦野给人的第一印象是个弱不禁风的年轻御宅族，不过此时一看，麻美觉得说不定他是个很可靠的好男人。只是若谈恋爱的话，两人的年龄实在相差太多了。

麻美正盯着浦野胡思乱想，没料到他突然转过头来，两人都吓了一跳。

浦野扶了扶眼镜，立马扭过脸，说："果然跟攻击富田先生手机的是同一种软件。请稍等，我马上把电脑复原。稻叶姐备份过电脑里的资料吗？"

"没有。"

别说电脑了，麻美连手机里的资料都没备份过。

"那我先给你备个份，免得再受到攻击。解锁后你打算怎么办，真的要支付赎金吗？"

怎么办呢？只要那些照片还在对方手上，麻美就永远放心不下来。可她也没办法一下子变出三十万来。最重要的是，就算给了钱，对方也不一定会遵守约定交还照片，搞不好还会把她当摇钱树，一而再再而三地勒索。

"暂时不给吧，我没那么多钱。"麻美照实回答，话音未落，浦野那边已经把电脑解锁了。

"既然如此，那接下来就把稻叶姐的 Facebook 账号弄回来吧，这样对方至少无法把照片放到你的账号上，也就不会被熟人看到。"

"啊……有道理。"

麻美深深佩服浦野的周到，她确实希望至少别被熟人看到那些照片。

"我有个想法，要是成功了，就能确定这个坏人的身份了，还能让他再也无法做这种事。接下来就交给我吧，好吗？"

浦野突然抬头冲麻美露出自信的笑容，麻美看着他，顿时感觉眼前这个年轻人无比强大，好像只要把事情交给他，就万事无忧了。

"那可太好了。拜托了。"

"嗯。请稻叶姐再继续试着联系富田先生，然后让他联系那个叫小柳的人，把事情问清楚。"

A

发给稻叶麻美的钓鱼邮件成功搞到了她的Facebook密码，这样一来，他就能随时使用麻美的账号了。不过这并不是他的最终目的。今天，男人又像前几次那样，偷偷潜入麻美的Facebook，搜罗了大量人际关系和生活信息。

他尤其注意麻美的恋人、朋友、家人和职场人际关系信息。她只是个派遣员工，因此职场关系十分简单。只要查到派遣公司和就职公司负责人的联系方式，就能应付缺勤这种事了。麻美目前所在的公司年轻女性偏多，而年近三十的麻美好像没什么亲密朋友。

家人这边，他查到麻美的母亲和妹妹住在鸟取。他假装麻美的高中同学给她家打了个电话，发现她这几年都没回去过。而且从她母亲的态度中能听出，母女的关系似乎不算好。

至于恋人富田，男人早在捡到手机时就把他牢牢控制住了。

麻美有个朋友叫加奈子，两人经常见面。加奈子是Facebook用户，他也从二人的私信记录中了解到了许多信息。他感觉唯独这个朋友比较棘手，不过要是有什么意外，再不济只要杀掉就好了。

只是他没想到，中途竟然跳出来一个叫武井的男人。

他给武井发了好几个恶意软件，不过那边的杀毒软件好像特别高级，所有尝试都落空了。另外，武井所在的公司对个人信息的保护也十分严格，男人给公司总务处打电话询问武井的地址，借口说"想寄中元节礼物"，却得到回复说请寄到公司，没能问出他家在哪里。

不过，骇客的工作重在不懈地努力。男人下决心，花一周时间跟踪武井下班回家。

第一天他就确认了武井的家庭住址。

接着通过住址调查到武井的家庭成员，发现他已经有妻子和孩子了。然而武井还是会在工作日的晚上跟年轻美女约会，还经常把女生带到港区的酒店去。

某天，男人通过Facebook窥探到麻美跟武井在商量约会的事，便尾随两人来到了麻布的韩国料理店。在店外等了一段时间，男人看到两人从店里出来，在路边拦车，这时武井突然抱住了麻美，然后两人就在路边亲吻起来。男人习惯出门时带一台高性能照相机，也不知该说凑巧还是不凑巧，反正他恰好拍下了那个画面。

接下来，就等时机成熟时将这张照片散布出去就好。

终于等来了这一天，男人登上麻美的账号，修改了密码，随后在照片上武井的面部打上标签，将亲吻照片发了出去，并设置为"所有好友可见"。除此之外，他还发了不少武井和其他女性幽会的照片，以及武井和家人的照片，并附带几句话，制造出麻美被武井玩弄的假象。

至此他仍不满意，又把亲吻照片和武井跟各种女人进出酒店的照片用邮件发给了武井的妻子和上司。

这样一来，武井一定会大受打击，甚至有可能导致离婚。他想必不会再跟麻美接触，而麻美应该也不会想见武井了。武井可能还会关闭 Facebook 账号。

另外，武井和麻美关系可疑这一点，男人已经给富田吹过风了。等富田看到那张亲吻的照片，心里肯定会不能接受，跟麻美的关系一定会变差。接下来再大肆散布麻美的裸照，两人的关系肯定会彻底决裂。虽说麻美应该不会怀疑是富田干的，但也不会原谅富田这个拍照的人。

然而，他碰到了一件意想不到的事。

为何这时出现了这样的视频？

男人盯着电脑屏幕上令人燥热的画面，抱着手臂陷入了沉思。

C

"我们问得这么仔细，却依旧没查出什么线索，这个波多野淳史估计就没在这一带出没吧。"加贺谷喘着粗气说道。

这两天毒岛和加贺谷继续以小田原站为中心进行调查，他们不仅询问了租车店、网咖和风俗店，连登山用品店、渔具店都不放过，每天拿着 N 系统拍到的照片和驾驶证上的照片四处询问。

"可目前也没有别的办法啊。"

"那倒是。不过，迟迟下不了决心的齐藤本部长终于同意公开调查波多野淳史了，一定很快就能查出新线索。"加贺谷擦了一把额头上的汗，这样说道。

柏油路面蒸腾出的热气把两人裹得严严实实。

"可他向大众和媒体公布的是驾驶证上的照片啊。"毒岛叹息道。

本部长最终批准公开驾驶证上的照片,自发现第五具尸体后便一直没能获得新消息的媒体自然是一拥而上。在媒体的帮助下,警方很快便收到了很多有关波多野淳史的消息,只是真假难辨。

"话说回来,第三具尸体的身份到底查清楚没有?"

"好像还没搞清楚,应召女郎店店长一口咬定那就是池上聪子。"

毒岛"嗯"了一声,掏出手帕擦了一把汗。今天的阳光格外毒辣,看来梅雨季已过,要进入真正炎热的时候了。

"对了,那位店长还说了些奇怪的话。"加贺谷突然看向毒岛说道。

"他说什么了?"

"他说池上聪子的手机还能用。"

"池上聪子的手机能用?这不奇怪吧,不是说她母亲还和她通过电话吗,手机肯定还能用。"

"不是那个池上聪子,是那个自称池上聪子的应召女郎。一个死掉好几个月的人,手机还开着,这就很奇怪了吧?"

"啊,但前提是第三具尸体真的是那位应召女郎,这样才奇怪吧。会不会手机一直插在充电器上?"

"这不可能吧,都过去这么久了。而且,那个叫池上聪子的应召女郎早就把公寓退掉了。"

毒岛掏出一支烟,在手心里敲了敲,若有所思地问道:"说起来,要是能找到被害者的手机就好了,现如今什么秘密都在手机里啊。"

"是。"

毒岛眯起眼睛看着半空，又喃喃道："会不会是应召女郎池上聪子出于某种原因，借用了与北海道老家有联系的池上聪子的手机，然后在遇害前又把手机还回去了？"

"这样确实能说得通了。可她为什么要这样做呢？"

"不知道。本部查过池上聪子的手机定位了吧？"

"听说已经查过了。"

"可能得知手机的主人还活着以后就不太重视那条线索了吧。"

"应该是。"

"还有一种可能，遇害的池上聪子的手机早已解约，现在那个号码换成别人在用了。"

B

"对不起，这次真是太对不起了。三十万日元我来出。"

麻美听着富田差不多第十几次道歉，早已没了发怒的力气。毕竟当初是她自己同意拍照的，想想也不能完全怪到他头上。

"那些照片究竟是怎么被盗的呢？"

"唔——应该跟信用卡被盗刷有关吧。说不定中了什么病毒，把我手机上的资料全都拷贝走了。"

换作以前，麻美估计会愤怒地斥责富田，但现在她也中了勒索病毒，便也有些感同身受。网络犯罪真的太会攻击人的弱点了，她觉得无论再怎么小心，一旦被盯上就逃不掉了。

"这下我真决定换新手机了。据说苹果手机在安全方面做得比较完善，不知能不能带着号码换手机。①"

麻美心想，现在换手机已经晚了。不过再用这部手机也确实让人不放心，说不定哪天又出什么岔子。

"应该可以，不过我觉得你干脆把号码也换了吧。话说回来，你问过小柳了吗？"

麻美吸了一口被冰块冲淡的冰拿铁。富田那杯冰美式早就只剩下冰块了。

"问了，小柳说没发过那种邮件。"

"啊？真的吗？"

"别说邮件了，他说自己已经好几个月没登录过Facebook了，根本不知道麻美这些事。"

"骗人！我们互相私信过好几十次，他还约我出去吃饭呢。"

"嗯，我也收到过他的私信，就是告诉我你和M商事的武井的事。我觉得哪里不对，就仔细看了一下，然后发现好友里有两个小柳守。"

"啊？怎么回事？"

"就是好友列表里有两个小柳守，其中一个确实好久没更新了，跟小柳守说的一样。而另外一个才是告诉我麻美要跟武井雄哉结婚的小柳守。"

两人陷入了沉默。但同时意识到，那个给两人发私信的小柳守一定是假冒的。

麻美在感叹对方之狡猾的同时又惦记着另一件事。

富田是否看到了那张亲吻照片？本以为他会怒不可遏，没想到完全没提此事。不过麻美又想，现在裸照被盗走了，他可能顾

---

① 日本手机一般不使用插卡形式，而是一机一号，签约使用。

不上那个。

总而言之，当前最紧迫的问题就是那些裸照。

虽然找回了账号，可那些照片依旧在那个人手上，他有可能把照片发到任何地方。

现在这个世道，到处都能看见女性的裸露照片，比麻美更美的女性的裸照数不胜数。即便在网络上发布麻美的裸照，充其量也就是一滴水滴入大海，不会造成多大的影响。可麻美无法忍受被身边的人看见。

"你说，要是那些照片被发到Facebook上，有办法删掉吗？"

"应该可以请管理员删除吧，下次我查查看。"

"别下次啊，现在就查。"

富田慌忙拿出手机，一脸认真地操作着。

"我觉得最糟糕的情况就是被打标签，我的脸之前被打过标签，要是对方擅自上传那些照片，熟人该不会都能收到通知吧。[①]"

麻美紧张地嘀咕。

实在太可怕了。

如果是好莱坞明星或人气主播的裸照，照片本身就有扩散价值，一旦泄露可能就无法阻止其蔓延了。麻美虽然不是那类名人，但若Facebook上的"好友"偷偷保存，还出于好玩继续散布出去，也是十分伤脑筋的事。

"啊，找到了，删除标签的方法。"

"怎么删？"

"首先进入个人页面，点击头像底下的活动日志，然后点击这个打钩的地方，这样就能删除标签了。"

[①] Facebook这个标签功能是只要对某个人物设定过一次，下次无论谁再发送有打了这个人物标签的照片，所有关注了此人的用户就都能看到。

"快试试看。"

"嗯,知道了。不过就算删掉了标签,一旦照片上传,还是会有人看到。"

"那要怎么删掉别人发的照片?"

"等等啊。嗯,啊,在这里。要屏蔽别人上传的照片,必须请发照片的人删除。"

A

男人第一次杀的人,是个叫宫本真由的应召女郎。

他第一次叫宫本真由上门时,就被那头黑发和大大的眼睛吸引了。宫本真由体形有点胖,长相也有点丑,还比他大三岁。不客气地说,店里还有很多比真由更漂亮的女孩子。然而,陪酒女和小姐也不是仅凭外貌博得人气的。宫本真由来自博多,性格大方、爽朗,脸上总挂着温柔体贴的笑容,男人们都对她着迷不已。

"你跟别的客人不一样,跟你在一起,就像陪着家乡的弟弟,让我感到特别放松。"

男人当时还是个处男,就把真由的话当了真。

"有什么不开心的,都对我说吧。"

"下次我让你枕膝盖哦。"

"加油。你其实很有才,一定能行。"

"昨天有个很讨厌的客人,所以今天心情不好。"

真由发来的每一条信息,都让他感到更加充实。

他不是迷上了女人宫本真由,而是在常年母爱缺失的环境下成长,头一次在真由身上感受到了母爱。小时候无比憧憬的东西,总算在应召女郎宫本真由这里找到了。

"我能管你叫妈妈吗？"

连他这毫不掩饰的恋母情结的请求，真由也温柔地答应了。

很快，他也不再和真由发生性关系了。不用发生身体关系，只要得到她的认可，就足以让他高兴。真由什么都愿意听他说，还会肯定他，二十多年来他头一次体会到这种感觉。

他对真由十分着迷，手上的钱也就越来越少。

当时的他尚未进行网络犯罪，高额花销使他一下子陷入食不果腹的境地。可他依旧忍不住想见真由，希望能尽量久地跟真由待在一起，哪怕多一分一秒也好。只要能跟真由在一起，就算什么都不干，他也会感到满足。最后一次，他虽然没钱，却还是把真由叫到了家里。

但真由的母性，是以利益为目的的母性。

为了钱，真由可以忍受一切，但若没有金钱作为交换，这一切对她来说就是侮辱。

"妈妈，对不起，我今天没钱。"

短短一句话，就让真由态度大变。

"叫什么鬼妈妈、妈妈，恶心死了，你个恋母变态。没钱就别叫人家来啊！"

真由夺门而出，没过几天，一个吓人的男人找上门来。

他被记到了那家店的黑名单上，跟真由失去了联系。不仅无法预约，那家店的推特和 Facebook 还都把他屏蔽了。他给真由打电话，可她都不接。

他最受不了被无视，长年缺失母爱的痛苦记忆猛然复苏。

爱与恨往往只有一线之隔。

与其被喜欢的女人无视，他情愿被她讨厌。可是现实中，在被讨厌之前，对方早已把他拒之门外了。男人的精神压力与日俱增。如果会一直被无视下去，干脆就亲手杀了她吧。无须参考跟踪狂杀人的案例，也能轻易预见到他最终会产生这样的想法。

当时男人已掌握了高超的电脑技术，只是还在犹豫要不要将其应用在犯罪中。那一刻，男人心中似乎有个开关被打开了，冷酷的想法越来越鲜明。

男人首先侵入那家店的网站，窃取了真由及其他女郎的个人资料。

随后，他开始在社交网站上疯狂调查真由的人际关系，耗费半年时间，终于成功伪装成了真由的熟人。也是在这段时间里，他通过"Tor"跟暗网上的人合谋，搞到了一些钱。最后，他用花言巧语把真由约了出来。

他事先在偏僻的郊外某处租下了一栋房子，然后把真由带到里面关了一个月。

自此，他就掌握了真由的生杀大权。是虐待还是给她水和食物，甚至排尿排便，都要看他的心情。他成了真由不可或缺的存在。只要看到他，真由就拼命求饶，苦苦恳求，说只要你饶我一命，我什么都愿意做。

就在那时，他发现了一件事。

如果只是对一个人表现出好意，那个人并不会关注自己。可如果对其施加危及生命的恐惧，对方就会二十四小时只想着自己。

小时候，他那么希望得到母亲的关注，又是哭又是笑，又是拼命当好孩子讨好，而原来若想让一个人真正关注自己，只要让其恐惧就好了。反正妈妈最后自杀了，早知道就该亲手杀了她。

被刀子刺穿下腹部，人也不会马上死掉。

既然都是死，他更希望不浪费一分一秒欣赏心爱女人的痛苦挣扎。实际上，真由在万分痛苦、渐渐失去气力时，还在拼尽全力祈求他饶命。这给他带来了从未体验过的快感，那种快感远远凌驾于性爱。从那以后，他对一个人的爱意就等同于杀害了。

他向暗网用户请教了处理尸体的方法，有经验的人建议他去野外埋尸。还告诉他怎么挖坑更有效率，要挖多深的坑，该把坑挖在什么地方。因为他们说野生动物刨坑顶多只会刨三十厘米，所以当尸体被发现时，他真的吃了一惊。

B

"稻叶姐，富田先生，事情已经彻底解决了，你们放心吧。"浦野一落座，就笑着对他们说。

"解决了？真的吗？"麻美半信半疑地问。

"对，已经没事了，那人再也不能威胁稻叶姐了。"浦野的语气充满自信，"对了，富田先生，我记得你说几个月前丢过一次手机，对吧？"

他转头看向穿着牛仔裤和T恤的富田问道。今天是休息日，浦野却还穿着一套藏蓝色的西装，还打着蓝色领带。

"对。"

"对方应该是在那时候拷贝了富田先生手机里的资料。"

"我设了密码的，他还能拷贝？"

"你是不是用了生日这类很容易猜到的密码？"

听了浦野的话，富田一言不发地点点头。

"那个人肯定破解了密码。然后，那个小柳守，就是搬到稻叶姐家附近的网友。"

"嗯。"

"应该说是假冒成小柳守的人,就是从富田先生的手机上拷贝了稻叶姐裸照的人。"

"这样吗……"

即便浦野说得铿锵有力,麻美却依旧没什么真实感。那个声音沙哑的人假扮成小柳守,还盗取了自己的 Facebook 账号?自己不仅跟如此危险的人约在自由之丘的咖啡厅见面,还通过 Facebook 私信聊过那么多?

这时服务员端来了热咖啡,等服务员放下冒着热气的咖啡杯和小票再次离开后,浦野猛地凑近两个人,压低声音说道:"这次换我把他的 Facebook 给盗了。我尝试了很多次,结果发现假的小柳守的登录用电话号码和给稻叶姐发勒索软件的电话号码是同一个。"

"竟然能这样?"

"嗯,而且还挺顺利的。顺带一提,两位的好友里还有几个像是假冒的账号,记得要把他们都拉黑。"

"还有几个?"两人齐声问道。

"对,好几个呢。"

"可那人为什么要费这么大的劲,制造这么多假冒账号呢?"富田惊讶地问。

"就是为了钱吧。"

"唔……"

"这次应该还是为了稻叶姐这个人。可能看到那样的裸照,他一下子鬼迷心窍了。"

在这种地方听到这种话,麻美羞得无法直视浦野。她忍不住双手捂脸,低下了头。

"一切的起因就是我那天弄丢了手机啊。"富田嘀咕道。

浦野点点头,继续说道:"然后,我给手头掌握的所有他可能使用的邮箱地址和电话号码都发送了病毒。另外,我还根据他的电话号码查到了住址,并威胁他:要是再继续这种行为,我也要有所行动了。"

"你连住址都查到了?"

"对,虽然用的手段可能有违法嫌疑。"浦野说着,声音越来越小。

这个人到底用了什么手段啊……麻美想象不出来。

"然后呢,那个人怎么说?"麻美问道。

"他说已经删除了稻叶姐的照片,并且再也不会这么做了。"

"这样就没问题了?"麻美依旧有点担心地问。

"没问题的,我还把他的住址通知警方了。"

"真的吗?"

"嗯。要是警方真的去调查,此时他没准儿已经蹲在号子里了。"

C

"您是大山哲司先生吧?"毒岛问只探出头来的长发男人。

"是的。"

"请问您跟波多野淳史先生是什么关系?"毒岛说着,瞥了一眼公寓门口的名牌,上面写着大山哲司。

刚才松田警署接到一通匿名电话,说一个自称波多野淳史的人正在从事网络诈骗。自从向公众公开协助调查以来,警方收到了大量关于波多野淳史的信息,而这次这通匿名电话不仅报出了波多野的地址,而且就在毒岛的辖区内。于是毒岛和加贺谷接报后火速赶到了那个地方。

"什么?"

男人的表情明显僵住了,原本就白皙的皮肤更显得有点发青。报案电话还说此人持有以波多野淳史这个名字注册的假驾照,而假驾照这条线索警方并没有向媒体透露。

"我们是警察,能打扰您一会儿吗?"毒岛亮了一下警察手册,"最好能请您到警署走一趟,现在方便吗?"

毒岛说着看向停在廉价公寓前的警用车,男人的视线也跟了过去。加贺谷正坐在驾驶席上等着。

男人清了清嗓子,说道:"不好意思,请让我再看看你的警察手册。"

毒岛利落地将印有自己照片的那页举到男人面前。

"这是强制还是自愿配合?"男人问。

"今天是自愿配合。"

"请等一等,我做些准备。"

说完他就把门关上了,薄薄的门板后面传来一些动静。

就在此时……

"他跳窗跑了!"

毒岛听见加贺谷大喊一声,慌忙用力把门撞开,发现房间里已经没人了,窗户大敞着。

"加贺谷,快追!"毒岛焦急地大喊。

加贺谷那边早已下了车飞奔起来。

男人对这一带很熟,专拣小路逃窜。他看上去弱不禁风,动作却意外地敏捷,加贺谷追得很费力。毒岛也拼了命追,只是那两个年轻人眼看着越跑越远了。

男人从小巷冲上大马路,顾不上往来的车辆,闷头冲过了马路，四周顿时刹车声和喇叭声齐鸣。

男人堪堪躲开车辆，连滚带爬地跑到了马路对面。加贺谷则被车流拦在另一边。男人回头看了一眼，又钻进了小路。好在加贺谷也及时过了马路，继续追赶。两人之间的距离在一点一点缩短。

这场追逐对已届中年的毒岛来说实在太艰难了，他没跑一会儿就气喘吁吁，拼命奔跑才勉强跟在于巷子里穿梭的加贺谷身后。

被追赶的男人一开始动作敏捷，现在好像也体力不济了。

他每次回头，都看到加贺谷离自己又近了一分，慌乱之下步子一乱，险些绊了个跟头。加贺谷趁他动作稍微停滞时立刻扑了上去。他平时练柔道，还参加过日本国民体育大赛，一下子就把男人扑进了垃圾堆里。两人扭打成一团，把垃圾踹得到处都是。

"我以妨碍公务逮捕你。"最终，加贺谷给男人扣上了手铐。此时毒岛才好不容易追了上来。

毒岛喘着粗气打量这个男人，发现那张脏得一塌糊涂的脸也正恶狠狠地对着自己。

B

事情解决了，麻美的心情却还没恢复过来。

武井早就结婚了。没想到过了十年竟还被同一个男人欺骗，这让麻美气不打一处来。不过她也没有那么喜欢武井，但因为那张接吻的照片，她跟富田的关系变得更尴尬了。

最近两人即使见面也聊不热络，当然谁也没再提起结婚的话题。

单从感情上来说，麻美是喜欢富田这个人的，一度认为跟他结婚也可以。然而在得知富田也有结婚的想法后，麻美却退缩了，因为良心上有些过不去。

如果武井是单身，并向自己求婚，自己一定会答应的吧。因为武井跟麻美是同一类人。而与之相比，富田就太善良了。麻美害怕自己无法给富田幸福。

因为爱着富田，所以不能草率地与他结婚。

可是不与富田结婚，富田就能幸福吗？

麻美纠结着，这似乎不是个非此即彼的简单问题。为此麻美一直无法放松心情。

一直窝在房间里思考这些事情渐渐让她心烦，于是她来到经常光顾的酒吧，想转换一下心情。

这家酒吧离麻美家步行只要五分钟，麻美偶尔会来这里，坐在吧台角落啜饮莫斯科骡子鸡尾酒，看无所事事的客人跟店员搭话。像今天这样心情郁闷时，听旁人没什么营养的对话最能找到安宁。

然而今天麻美一直无法平静。

已经三十岁了，虽然也还不算值得焦虑的年龄，但确实是该做出人生选择的时候了。因此，是该主动修复与富田的关系，还是积极寻求新的邂逅，抑或选择单身？喝完第三杯鸡尾酒，麻美还是异常清醒。

留着小胡子的酒吧老板站在吧台后一脸严肃地晃着雪克杯。麻美举起眼前的酒杯，将里面的液体一饮而尽。看一眼挂钟，已经深夜一点了。差不多该回家了。

"老板，再来一杯同样的。"

麻美决定喝完最后一杯就回家。

"呀，这不是稻叶姐吗！"

听到背后传来声音，麻美回过头去。

"啊，浦野先生。"

看到他让麻美很意外，又有些害羞，毕竟这个人前几天才帮她解决了裸照泄露的问题。

"稻叶姐经常来这家店吗？"

"嗯，偶尔吧。浦野先生呢？"

"我今天是头一次来。刚才正好跟朋友在附近聚会，觉得有点没喝够，就走进来了。没想到能在这里碰到稻叶姐，真是太巧了。"

浦野说着，在麻美身旁坐下，点了一杯金汤力。

"这么晚了你怎么一个人在这里，富田先生呢？"

听到富田的名字，麻美不禁有些忧郁。

"富田君没来。我有点烦心事，就一个人过来散心了。"

"哦，原来像稻叶姐这样的美人也会有烦心事啊。"

"没想到你嘴这么甜。"

浦野今天依旧穿着蓝色西装套装，领带系得很整齐，可说起话来却是少见的轻浮。

"这不是奉承，是真心的。不过你在烦恼些什么啊，我有点好奇呢。"

"身为一个三十岁的未婚女性，烦恼的还不就是那些事。"

"哦——是吗……是不是有太多人向你求婚，稻叶姐不知该答应谁啊？"

"如果是那样就好了。"

这个年轻人能理解自己摇摆不定的心吗，麻美突然有些倾诉的欲望。

"稻叶姐，啊，我能叫你麻美吗？"

"叫吧,这样更亲切。那我能叫你浦野君吗?"

浦野点点头,老板刚好给他送上了金汤力。两人碰杯,发出清脆的响声。

"浦野君今年多大?"

"二十四。"

"二十四岁啊。你说,男人会不会很在意自己女朋友的过去?"

干脆就向这位年轻的工程师诉说一下自己的烦恼吧,或许他能像解决电脑和手机问题一样,把自己的心情也整理得井井有条。

"过去?"

"嗯。"

"比如曾跟什么人交往过,第一次性经验的对象是谁?"

"嗯,差不多吧。"

"我会很在意。但如果对方是麻美姐这样的美人,我也会做好相应的心理准备。"

"那你能忍受到什么程度呢?"

"举个例子呢?"

"比如说偷情。"

"这个没问题。当然,如果偷情对象是我的顶头上司,我可能会有点不乐意。但如果对象是跟我毫无关系的人,我就不会在意。"

"那再比如说,以前堕过胎呢?"

"唔……这有点沉重啊。不过如果是我跟她认识之前的事情,那我也不会纠结。"

"那我再问一个选择题。假设你的女友之前发生过这些事,那你是希望她在结婚前对你坦白,还是结婚后对你坦白呢?"

"唔……如果要我选择的话,应该是前者。结婚前坦白,会让我感觉到诚意,可是结婚后才坦白,就会让我觉得自己遭到了背叛。不过,最幸福的情况当然是对方隐瞒得滴水不漏,让我完全发现不了。"

"这样啊……"麻美微微一笑,站了起来,"我去下洗手间。"

站在洗手间的镜子前,麻美凝视着自己的脸。

干脆把一切都告诉富田吧。要是富田听了还想结婚,自己的心情就会轻松许多。

"不过,最幸福的情况当然是对方隐瞒得滴水不漏,让我完全发现不了。"她又想起浦野刚才说的话。

富田应该也会这样想吧。如果她真的爱富田,就应该把秘密带到坟墓里,想必这才是正确答案。麻美早已做好了当一辈子坏人的准备,没办法,因为她确实做过那些事。

到头来还是无法抉择啊。因为无法确定富田听了那些事后会做出什么反应,从而无法下定决心告诉他。麻美叹了一口气,走出了洗手间。

回到座位,麻美发现吧台上多了一杯酒。

"我给你点了一杯一样的,会不会不太好?"

"啊,没什么,不过喝完这杯我就要回去了。"

"嗯,我也是最后一杯了。"

浦野说着,举起了褐色酒杯,于是麻美也举起杯,与浦野的轻碰了一下。店里流淌着老爵士乐的旋律,眼前又响起玻璃碰撞的清脆响声。

"话说,麻美姐有什么过去的秘密啊,我有点好奇。"

听见浦野这样问,麻美若有所思地喝了一口莫斯科骡子。

"也没什么,至少没堕过胎。"

"哦,听你这么说我就放心了。"

麻美又喝了一口莫斯科骡子,朗姆酒的清香在口中蔓延,不过这毕竟是第五杯了,好像味道都变得奇怪了。赶紧喝完就回家吧,麻美想着。

"麻美姐是 R 大学的吧,那里可是出了名的美女多,想必你一直都很受欢迎吧。"

"没有那种事啦。学校里确实有很多好看的女孩子,而我当时只是个乡下姑娘,完全比不上她们。"

"那麻美姐是走上社会后才变得这么漂亮的吗?"

"唔……确实,自己赚钱之后也就能注重打扮了。女人还是要在衣服和美容上做一定投资的啊。"

"是啊。像麻美姐这头漂亮的直发,肯定要花不少功夫保养吧。"

"是啊。把头发拉直后,每天都要花很多时间来保养,美发费用也很吓人。"

麻美感到有些上头了,愣了一瞬后惊讶地发现浦野的脸几乎要贴上来了。

"麻美姐的头发好香啊,是用了特别的洗发水吗?"

"没什么,就是普通的洗发水。"麻美往后躲开一些回答道。

接着她一口喝干杯中酒,苦涩的液体滑入喉咙。

"好了,我得回去了,今天就算我请客吧。"

勒索软件一事让浦野帮了不少忙,麻美觉得应该表示一下感谢。

"不用,不用,我们还是分开结账吧。"

浦野不同意。麻美困意上来了,心里有点不耐烦,便同意分开结账，先找小胡子老板买了单。

"对了，麻美姐为什么要用'sayuri'当密码呢？"身后传来缥缈的声音。

"sayuri？"

麻美不由得一个激灵。心里暗想，前几天让他修电脑时他看见自己输入密码了？

"麻美姐的过去是不是跟叫这个名字的人有关啊？"

麻美猛然清醒了一些，凝视着眼前这个戴银边眼镜、面色苍白的青年。莫非他发现什么了？

"麻美姐的Facebook密码是sayuri0118，对吧？一月十八日是麻美姐的生日，对吧？"

麻美的生日确实是一月十八日。不过，她对浦野说过自己的生日吗？

"那个sayuri是谁啊？是美奈代吗？"

麻美怀疑自己是不是听错了。

"你说什么？"

"我是说山本美奈代，就是麻美姐的好朋友，你们还一起合租过房子。也就是自杀了的AV女优渚小百合①的本名。"

"你怎么……会知道这个名字？"

麻美感到心脏都要停跳了。

"实在不好意思，我看了你的电脑备份数据。因为我很好奇，麻美姐这种美女的电脑里怎么会有色情片呢。我很疑惑，莫非女人也喜欢看这种东西？后来我又发现你电脑里存的都是不怎么出名的渚小百合的作品，真是太奇怪了。于是我就看了麻美姐以前

---

① "小百合"读音为"sayuri"。

的邮件,又在网上搜索渚小百合的信息,最后总算搞明白了。原来麻美姐和渚小百合,也就是山本美奈代,有一些过去的秘密。"

麻美能听到浦野的声音,意识却越来越模糊。

浦野的声音有些沙哑,跟他年轻的长相很不相配。

话说回来,她记得两人第一次见面时就觉得这个声音很熟悉。为什么她一直都没发现呢?麻美为自己的大意感到气愤,又不知为何被一股强烈的睡意侵袭。她万万没想到,刚才去洗手间时,浦野在莫斯科骡子里下了安眠药。

"啊,老板,能帮我叫一辆出租车吗?还有,我的朋友喝醉了,能请你帮我把她扶到车上吗?我看她一时半会儿应该醒不过来。"意识完全远去前,麻美听到浦野这么说道。

C

毒岛他们抓住的大山哲司确实持有登记名为波多野淳史的假驾驶证,可上面的照片却是面色苍白的大山哲司本人,而不是毒岛正在追查的租借红色轿车的波多野淳史。当然,波多野和大山都从未在驾照上的地址居住过。另外,大山今年二十五岁,驾照上的出生日期是瞎编的。

"大山什么时候买的这张假证?"

"大约一周前。他借了很多高利贷,实在还不上的时候突然收到一封邮件,有人廉价出售假驾照。他就忍不住出手了。"

他供述道:以为用假身份借钱相当于诈骗,所以被毒岛调查时忍不住逃跑了。

"我们彻底被骗了啊。"毒岛愤愤地说。

关东地区终于进入梅雨季节,今天一大早开始下雨,一天都没停过。天气预报还说今年的梅雨季要比往年都长，雨量也更多。

"是啊。那个租了红色轿车的波多野淳史会不会也跟大山一样，是被诱惑买了同名的假证呢？"

"可能性很大啊。这也表明凶手知道我们正在调查波多野淳史。"

如今，假证上的寸头留胡须照片，以及警方已经将波多野淳史列为重要调查对象的消息，已经由各大媒体大肆报道了。

"波多野淳史现在是日本最有名的人啦。"毒岛苦涩地感叹道。

"真凶可能创造了很多'波多野淳史'，试图扰乱调查。"

"有可能。"毒岛靠在椅子上，抱起双臂，"大山不是说他收到了贩卖假证的邮件吗？"

"是的。"

"那我们可以追查发送邮件的人吧。"

"嗯，应该可以。"

加贺谷边说边看向毒岛，发现毒岛正呆呆地凝视着挂在窗上的雨滴。

"不过对方使用的可能是一次性免费邮箱，还很可能是在网咖这种地方发送的。"

"嗯……"毒岛心不在焉地应着。

"嗯，说不定还是借用他人的电脑发送的。因为就算发邮件的人不是连环杀人犯，单纯卖假证的人也会有一定的警惕性啊。"

B

意识模糊的时间持续了好久。好不容易清醒一些，她想站起来，却发现身体无法自由活动。

手脚都被紧紧地捆住，整个人趴在床上。麻美歪头看了一下，发现捆住手脚的竟是类似SM道具的东西，中间连着十厘米左右的铁链。所以，她的手脚能活动的范围也在这十厘米内。房间里没亮灯，远处有一片苍白的光。麻美眯起眼睛细看，发现那是电脑屏幕在发光。

"你醒了？"浦野听见动静转过头来，"那种安眠药见效很快，还能让人陷入舒适的深眠。听说还有人睡得太沉，尿床了呢。"

"这是哪里？"麻美趴在床上，把头扭向浦野的方向问道。

房间四周都是水泥墙，像一座旧仓库。空间很大却没有生活气息，中央摆着一张床，麻美在床上，捆住手脚的道具连着床脚。窗外隐约传来动物的叫声。

"这里啊，相当于我的秘密基地吧。"

"把这些解开！"

麻美努力让语气坚定，无奈趴在床上的姿势让这话显得有些色情意味。再加上她的衣服都被脱掉了，身上只有一条轻薄的黑色内裤和胸罩。

"啊，别担心，我已经给你公司里的部长发了请病假的邮件，还对富田先生和加奈子女士说你要回老家一段时间。至于武井先生，还是不要联系比较好吧。"

"你怎么知道他们的？"

"那当然是因为我把麻美姐彻底调查了一遍啊。接下来的几天，差不多到下下周，麻美姐都要因为家里有急事回一趟老家。要是你还有什么话想对朋友说，就请告诉我吧。"

"你要把我怎么样？"

浦野合上电脑，转身看着麻美。

没有了电脑屏幕的光线，他的脸显得更加苍白了。浦野三步两步地悠然靠近麻美，然后坐在床上，抬起左手，轻抚麻美的臀部，又把鼻子凑了上去。麻美恶心得扭着身子，可是手脚被困，实在躲不开。浦野的鼻子从臀部一路滑到背后，又顺着黑发来到麻美的耳边，仔细嗅着。

"嗯……果然跟我想的一样，麻美姐好香啊。"

浦野捧起麻美的黑色直发，含在口中闭上了眼。

"你想干什么？你想把我怎么样？"

麻美用力扭动身体，却没挪动几分。浦野露出恍惚的神情，丝毫不理睬麻美的问题，又凑到麻美耳边，舔了舔她的耳朵。

"别这样！快解开！"麻美大声叫着。心中不由得恐惧地想，要是被这个男人用力按住脖子，她恐怕完全无法反抗。

肯定要被侵犯了。

"浦野君，求求你，把我解开。"

麻美带着哭腔喊了起来。浦野还是不理睬她。

麻美感到毛骨悚然，使劲儿扭过脖子看向他，对上了浦野的目光。

虽然浦野面带微笑，可麻美已经搞不懂这人到底在想什么了。

"浦野君，你到底想把我怎么样？"

"怎么样？这个嘛，当然是各种各样啊。"

他好像被自己的话逗乐了，自顾自地笑了起来。

这个人疯了。麻美对眼前的男人产生了由衷的恐惧。

"你是想要钱吗？还是想要我的身体？"

"事到如今，你账户上的钱我可以任意取用，当然，你的身体我也会尽情享用。不过，我想要的是，你这个人。"

"求求你,别杀了我。"

"开什么玩笑,你是必须接受制裁的女人。"

浦野的表情突然狰狞,右手亮出一把折叠刀。

"制裁?"

"没错。像你这种婊子,绝不能继续活在社会上。要是跟谁结了婚,再生了孩子,那更是不幸的开端。你自己肯定也明白,你这种女人不值得活在世上。所以我要代替世界给予你制裁。"

浦野说完,把麻美翻了过来,将展开的折叠刀按在她的脸上。随后他立起刀刃,刀尖缓缓移动到麻美的咽喉。

"这把刀很锋利哦。"

浦野咧嘴一笑。麻美忍不住用力咽了一口唾沫,担心他会不会直接划开自己的喉咙。

她预感到自己会被强暴,只是没想到这人已如此疯狂。

"放过我,求求你。我愿意做任何事情。"

刀继续下滑,仿佛要逗弄麻美一般,浦野又将刀按在了她的双乳间。

"你愿意做任何事?哼,我最讨厌这种话了。"

浦野眼中浮现出憎恨,他一言不发地将刀掠过麻美的肚脐,滑向下腹部。冰凉的触感透过内裤传来,原本平放的刀又立了起来。

"你、你杀了我,可就犯了谋杀罪。"

麻美拼命逞强说出这句话,然而声音已颤抖得几乎听不清楚了。

"这我知道,毕竟我已经杀过不止一两个女人了。无论再杀多少个,我都逃不过死刑了。所以,我一点都不害怕死刑。"

麻美无言以对。

刀刃在移动，麻美害怕得连眼睛都不敢睁开了。她已经死了心，担心下一个瞬间刀尖就会刺入下腹。然而刀刃突然离开了。

"哎呀，麻美姐，很抱歉，我得出去一趟。"

麻美睁开眼，不由得问道："出去？到哪里去？"

"我要去为你挖坑。以前用的地方不能用了，我要去找个新地方。"

"什么意思？"

"当然是用来埋麻美姐你啊。"

浦野眼中闪过怪异的神情，戏谑地问："我可能半天都回不来，你能忍得住吗？"

"忍什么？"

突然，下腹部又感受到刀刃的冰凉触感，麻美浑身一僵。

"上厕所啊上厕所，你这个样子，只能尿床了。"

刀刃将麻美的黑色内裤割开了。

C

"你是几年前关店的？"

毒岛和加贺谷把辖区内所有的风俗店都问过了，还是没得到可靠的线索。于是他们将范围扩大到已经关闭的店，目前就在询问已转行在洗浴中心当服务员的前店老板。

"正好一年前关的。因为店里的头牌突然走了，生意做不下去，就把店关了。"

三人坐在位于红灯区中心的老旧咖啡厅里，可能因为是工作日的白天，店里客人很少。他们对面的座位上，有个貌似公司职员的中年男人正百无聊赖地看着体育报纸。

"那你对这张照片上的男人有印象吗?"

说着毒岛拿出已成为大名人的波多野淳史的假证照片。

"哦,你们是来打听那个案子的啊。"

"对。"

"我在电视上看到过这张照片,刚看到时就觉得好像在哪儿见过。"

"真的吗?"旁边的加贺谷忍不住探出身子。

"嗯,不过也可能认错了。毕竟到处都在报道这件事,说不定我只是在别的地方看到过,然后产生了错觉。"

"那这张照片呢?"毒岛又拿出了N系统拍到的照片。

"这跟刚才那个是同一个人?"

"有可能是,也有可能不是。"

"唔……"

"怎么样?"

"我感觉好像在哪儿见过。"这次前店老板颇有自信地说。

"真的吗?在哪儿见到的还记得吗?"

"是谁来着……我真的感觉在哪儿见过。"

"是以前的客人吗?"毒岛凝视着这位老板的脸,这样问道。

"说不准……"

"你会直接跟客人见面吗?"

"嗯,我会在第一次登记客户信息时,以说明店内服务为借口,尽量跟客人见上一面,亲眼判断客人是不是那种很难对付的人。所以,对方要是长成这么一副黑社会的模样,我应该记得很清楚才对。"

"那他就不是客人了?"

"这个嘛……"

前老板轮番看着那两张照片。毒岛喝了一口咖啡，耐心等待他回忆起来。

"唉，还是想不起来啊。"

刚才那个看体育报纸的中年白领结账离开了，店里只剩下他们这桌的三个人以及一个身穿黑色制服的服务员。

"嗯。那你店里有没有发生过女孩子突然失踪的事？"

毒岛心里有点失望，但还是没有放弃，决定换个角度询问。

"嗯……毕竟是这种行业嘛，不时会有女孩子被别的店挖走，或是只发一封邮件辞职的。"

"理解理解。那有没有突然消失，就再没有音信的姑娘呢？"

"辞职的姑娘基本上都是这样的。还知道发个邮件来说不来了的就已经算很有礼貌了。"

"哦，也是这样吗……"加贺谷略显失望地嘀咕道。

"店长，你店里有没有黑发的女孩子？"毒岛灵机一动，问了这么一句。

"黑发？没有吧。高级店另当别论，我们店里基本都是染成栗色或金发的姑娘。啊……是有那么一个。"

"是谁？"

"就是那个害我关店的头牌啊。是个外地出身、留着黑发的治愈系女孩子，手上有好几个貌似御宅族的胖子客户。她叫真由，是不是真名不知道，反正在店里自称宫本真由。"

"宫本真由。这个姑娘大概是什么时候消失的？"

"应该是两年前吧。"

"两年……"

毒岛忍不住嘀咕起来。他们在山上发现的五名被害者都是近一年内遭到杀害的。

"她个子高吗？"

"不高，个子很矮，只有一米四左右。"

加贺谷看了一眼记事本上的记录。

"没有相符的，而且已发现的被害者都是近一年内遇害的。不过说不定是尚未被发现的被害者。"

毒岛点点头，再次把照片往店长面前推了推。

"店长，请你再看看这张照片，这个人是不是宫本真由的客人？"

"唔……"前店老板认真凝视着照片。

"虽然照片里的男人看起来像黑社会的，但他也有可能乔装打扮，比如戴上大墨镜之类的。你可以想象一下。啊，拍这张照片时他可能往嘴里塞了棉花，因此实际上脸颊可能要更瘦。怎么样，有印象吗？"

"这两张照片里的人鼻子不一样啊。"店长来了这么一句。

的确如此。两张照片看起来不像一个人，也是因为鼻子的形状明显不同。

"说不定加工过。"

"加工？"前店老板惊讶地反问。

"比如整形。"

"也有可能用修图软件修过。"加贺谷补充道。

"没错，所以鼻子也可能不同。"

"唔……说起来，我一直觉得他跟真由的一个客户很像，也是这种御宅族一样的脸。"

"真的吗？"

"嗯……不过我还是不太能肯定。"

毒岛直觉认为这位店老板见过波多野，他决定再试一试。

"喂,加贺谷,你去找些纸和铅笔过来。"

"纸和铅笔?"

"对。"

加贺谷找到咖啡厅的服务员,询问店里是否有纸和铅笔。

"我们只有传单纸。"服务生拿来了背面空白的超市传单和一支铅笔。

"店长,请你仔细看着。"毒岛在传单背面画了起来,"脸部轮廓是这种感觉的,脸颊要瘦一些,下巴跟照片里的一样。然后我们假设他没有胡子,脸上也没有这副黑社会大佬的墨镜。应该是这种感觉。然后鼻子是这种感觉。"

传单背面已出现了一幅混合了两张照片之特征的肖像画。

"毒岛先生好厉害啊。"加贺谷由衷地赞叹道。

"没什么,之前在肖像画学习课上练过。"

虽说如今计算机程序高度发展,但警方办案时,还是突出面部特征的肖像画更能唤起人们的记忆。毒岛从小就被母亲发掘出了绘画天赋,刚当上警察时还特别积极地参加了肖像画学习课。

"接下来是头发。如果此人是宫本真由最能吸引的御宅族客户,想必是这种发型吧。"说着,毒岛又在画上添了比较长的头发。

"啊,这是山田太郎。"店长忍不住大声说道。

"山田太郎?"毒岛停下笔问道。

"山田太郎当然是假名。不过这人确实是真由的常客之一。"

"真的吗?你这么肯定?"

"嗯。因为以前出过点事。"

"出事?"

"对。他原本是个挺好的客人,后来把钱花完了,明知道自己身无分文，还把真由叫过去。再后来，他开始跟踪真由，我们就不准他来了。就因为这件事，我对他的样子记得很清楚。而这张肖像画上的人就是山田太郎，没错。"

"你确定？"

"确定。"店长一脸认真。

毒岛和加贺谷对视了一眼。

店长又说："可是警察先生，你们这是在查那个案子，对吧？宫本真由没死哦。"

"啊，没死？她辞职后你还见过她？"

"不，辞职后我就一次都没见过真由了。"

"那你怎么知道她还活着？"

"因为她的手机。我之前有事给她打过电话，发现她还在用以前的号码。既然还在按时交话费，就证明她还活着，对吧？"

说着，店长就摆弄起自己的手机。

"不是其他人在用吗？"加贺谷说。

"不，是真由哦。我猜测她是想保留以前的客户，就把那个号码作为工作专用了。"

说话间前店长已拨通了电话，并将黑色手机递给毒岛。

几声铃音过后，听筒里传出声音甜美的留言信息。"我是真由，感谢您的联系。现在我不方便接电话，请您留言，收到后我会回拨给您。"

毒岛挂断电话，将手机还给店长，问道："转到留言箱了。店长你打过去时她本人接了吗？"

"倒是也没有。我留言了，不过毕竟之前她算是突然逃走的嘛，没回电话也正常。"

"原来如此。那我只要假装成客人打这个电话，她应该会回电吧。"

"嗯,应该会。"

B

最终男人把麻美双手和双脚间的铁链放到了三十厘米长,然后扔下一句"我可不希望看到美丽的麻美姐屎尿横流",就离开了。这样一来麻美至少能坐在地上蹭着走,也能坐在马桶上上厕所了。

可是双手双脚被束缚,使她不得不像老太婆一样弓着腰,移动起来也十分缓慢。一旦跌倒就很难爬起来,坐着不动腰还会越来越酸痛。随着时间的流逝,麻美觉得身体越来越僵硬,更加不自由了。由于束具连在床上,她也无法看到屋外的情况。

她再次尝试挣脱,可结实的橡胶连着铁链,若没有锋利的刀具,断然无法切断。要是有打开手铐的钥匙就好了,但浦野肯定把钥匙带走了。麻美又想,要是能移动到桌边也好。然而浦野似乎计算过,拉长绳子也到不了。麻美又查看了一番拴绳子的床腿,发现那里也绕着铁链。而绳子本身是十分结实的缆绳,很难割断。麻美不甘心地咬了几口绳子,结果只是牙齿痛了好一会儿罢了。

浦野出去多久了?

屋里已被天光照亮,想必是白天了。在浦野回来之前必须想办法逃离这里,找人求救。

其后麻美又四处找了找束具的钥匙,几度尝试将绳子从床腿上解开,但全都无功而返。她唯一的成就便是去小便了。最后,麻美只能无力地倒在房间中央的床上。被捆住的手脚已麻木不已。

她满心绝望,觉得自己无比凄惨。手脚被束缚,她只能像卧床的病人一样瘫着,眼泪不断地往下流,连伸手擦眼泪都做不到。

麻美又想起浦野临走前说的话。

"这个真的挺有用的。"说完他就按了一下手上机器的开关,钻头伴随着轰鸣声旋转起来,"这个叫挖洞机,有了它,一下子就能挖好五十厘米左右深的坑。听别人说手工挖坑操作起来非常辛苦,我就在网上找了找,最后只花了两万日元就买到了它。所以说,只要有心,在网络世界什么都能找到啊。"

用那个钻机,或许一个小时就能把坑挖好。问题是他去哪里挖坑了。

这时,麻美觉得听到了什么声音。

一开始她还没反应过来,只是觉得耳熟。

是手机发出的声音。

三声、四声……

没错,那是手机震动的声音。

麻美挣扎着撑起身子,看向声音传出的方向。来自放电脑的桌子,手机是在桌上吗?不,那个微弱的声音好像传自桌角的运动包。

是谁的手机在震动?浦野应该是带着手机出门的。

有可能是她的手机。就算不是,只要打电话的人不是浦野,她就能呼救了。

麻美马上起身,可她忘了自己的手脚被捆着,一下子失去平衡,伴随着一声巨响,面朝下跌落下床。她感觉意识模糊了片刻,好不容易忍痛爬起来,马上像打滚一样朝桌子的方向移动。

这番努力让她擦伤了肩膀和膝盖，但麻美毫不在意，仍旧拼了命地向前蠕动。九声、十声……"求求你千万不要挂电话。"麻美在心中反复祈祷，奋力朝运动包的方向挪动。可是在还差大约一米的地方，拴在床腿上的绳子绷直了。

还差一步，要是能翻个身，就可以碰到运动包了。然而绳索不为所动。于是麻美用尽全力，想拖动整张床，可是光坐起来就花了好大的力气，坐起来后根本使不上劲。

在麻美跟床进行力量悬殊的拔河比赛时，手机震动声停了下来。

她长叹一声，回过头看着运动包。

要是双脚自由，或许还有办法，可是现在这副蓑衣虫的样子，让她实在无计可施。麻美环视光线昏暗的室内，想找找是否有棍子或绳子之类能派上用场的东西。

这时手机又开始震动了。

麻美惊喜地再次朝运动包爬去，但结果还是一样。无论怎么努力，沉重的床依旧纹丝不动，只是让她再一次意识到自己的无力。

被剥夺了手脚的自由，全身几近赤裸，就要被浦野强暴然后杀害了吗？最终她会被埋在深山里，变成不为人知、无人寻找、最终被遗忘的尸体吗？

正在震动的是她的手机吗？如果是，打电话的是谁？是公司里的同事遇到工作上的问题来找她，还是加奈子发现了端倪？还是富田？

不过，不管对方是谁，自己都无法接听电话。

麻美莫名地流下了眼泪。她又冷又饿，几近崩溃。

虽然做过一些见不得人的事情，可她并不认为自己是十恶不赦，要受到这般折磨的恶人。

富田君，救救我。

这种时候，她偏偏想起了那个靠不住的男人。难道这就是轻视富田的报应吗？

"富田君，救救我。"她发出声音呼喊。可无论喊得多大声，她的声音都无法传到富田耳中。

"富田君，对不起。求你救救我。"麻美边哭边喊。

富田虽然靠不住，但如果知道此时她的遭遇，他一定会来救她的。不知为何，麻美觉得正在打电话的人就是富田。

"富田君，我在这里，快来救我，求求你。"

麻美泣不成声。昏暗的房间里回荡着麻美的呜咽。

震动声不知何时消失了。

麻美不再流泪了，呆呆地抱着双腿，躺在地上。

宝贵的时间正在一点一点流逝。

富田不会来救她，而浦野不久之后就要回来。然后，她就要被残忍地杀害，最后像垃圾一样被掩埋。干脆放弃抵抗，求他用个不太痛苦的方法杀死自己吧。那个眼神如同蜥蜴的浦野接下来会对自己做些什么呢？光是想想，她就恐惧不已。

包里又传出了震动声。可是麻美已经彻底放弃了，这次她一动也没动。刚才那番努力让她的身体变得无比僵硬。富田君，不管我再怎么努力，也接不到你的电话了。麻美把脸转向运动包，心中暗想。

"富田君，谢谢你。"她多想把这句话传达给他。

此时自己竟会有这种心情，这是紧要关头才见真心吗？早知如此以前就不该那么欺负他。麻美很想再听一听富田那略显尖细的声音。

包里的手机还在震动,仿佛在回应麻美的心情。

"富田君。"

震动声还在持续。

"富田君!"麻美加大了音量。

震动持续着,仿佛在回应她。

"富田君……"

震动声终于停止了。

结束了。

这下一切真的结束了。

麻美脑中不断闪过她跟富田之间的回忆。相识,第一次约会,几次旅行,跟富田打打闹闹的难忘日子,以及富田丢失手机后发生的种种事情。说到底,就是富田掉落的手机被浦野捡到,成了一切不幸的开端。最近富田和麻美总算换了新手机,结果还是没能逃过一劫。

新手机?

似乎忘了一件很重要的事。

麻美再次看向桌腿边的运动包。这个包似乎很厚实,到底能不能行呢?麻美想了想,而且,手机真的在包里吗?

但值得一试。

"Siri。"麻美大声喊道。

换新手机时,为了模仿广告里的场景,麻美开通了Siri,也就是iOS系统的智能语音助手。

没有任何反应。

"Siri!"她更大声地喊。

还是没有反应。莫非手机不在包里?

麻美感到绝望,浑身脱力地瘫在地上。

最后的希望也破灭了,现在只能等浦野杀死自己了。

不,等等。

好像不太对。

麻美再次撑起身子,带着祈祷的心情开口道:"嗨,Siri。"

可能因为疲劳过度,她的声音有点沙哑。

"嗨,Siri。"

什么反应都没有。

难道还是有问题?

又或者运动包实在太厚实了,声音传不到里面?

"嗨,Siri!"麻美再次提高音量喊了一声。

"请讲…"

运动包里传出一个语调有点滑稽的温和女声。

"Siri,打电话给富田君。"

第六章

C

"齐藤本部长,请您批准获取宫本真由的手机定位信息。"

"唔……"

"凶手杀害宫本真由后,一直拿着她的手机。只要能知道定位,就能逮捕凶手了。"

毒岛发起了正面进攻。

"毒岛,获取手机GPS信息需要有法院开具的搜查令,另外舆论认为这种事应该知会当事人。"

"当事人已经死了。如果我们傻乎乎地主动联系,不就等于给凶手提供了逃跑的机会吗?而且,加贺谷等一众年轻警员已经打了好几次电话了,要是再制造莫名其妙的来电,对方肯定会起疑,并且丢弃手机啊。"

"万一人家只给熟客回电话呢?"本部长抱着胳膊说,手臂底下的大肚子把藏青色的三件套西装撑得鼓鼓囊囊的。

"真由应该已经死了。就算还活着,既然专门留着工作时用的电话,怎么还会挑剔客人呢?"

本部长露出确实有道理的表情,歪着头陷入沉思。

"所以麻烦您,批准我们获取定位信息吧。"毒岛的语气近乎恳求。

"唔……可是并没有证据能证明宫本真由死了吧。"

"凶手两年前是宫本真由的常客,后来被店老板记上了黑名单,因此极有可能心生怨恨。"

"这些我都知道。可那五具尸体中没有一具能跟她对上号的,对不对?说不定人家在什么地方活得好好的呢。"

"不可能。宫本真由已经遭到杀害,只是尸体还在山中的某处没被发现。绝对不会有错。"

"喂,毒岛,你这个结论下得太草率了吧。就凭你这个说法,就算我同意了,法院那边也不会点头啊。有没有客观一点的事实证据?"

"这……宫本真由以前工作的地方已经关门了,也没有留下相关资料。"

店长说,关张时,他把应召女郎的简历和客人信息等资料全都处理了。

"这就有点困难了啊。上回那个大山哲司就算完全抓错人了吧。"

大费周章地抓回来,最后的罪名只是伪造证件。

"那是因为凶手刻意散布波多野淳史的证件。但凶手确实在小田原一带出没。"

"我听从你的建议,公开了波多野淳史的姓名和照片,却招来许多玉石混杂的信息,让调查陷入了混乱啊。"

"可也有有用的信息啊!现在请您批准我去获取宫本真由的手机定位信息。"

"唔……还是要向法院那边申请啊。"

"宫本真由已经被使用山田太郎这个假名的男人杀害了,我只是想申请获取被害者丢失的手机的定位信息而已,没必要请法院批准吧。"

"不行,日本是个法治国家。"

"可我要的是已经被杀害的被害者的手机定位啊,难道法院还会不批准吗?"

"都跟你说了,要拿出当事人已被杀害的证据。"

"只要有间接证据就行了吧,又不是要开庭审理。"

本部长没有回答,靠在沙发上,抱着胳膊沉吟起来。

"请您批准吧。只要当事人已经死亡,您就能批准,对不对?"

"唔……嗯……"

齐藤本部长抬头看着天花板,身子又往靠背里陷进去了几分,大肚子显得更明显了。

"本部长,请您下定决心吧。就算有个万一,我站出来挨批。"

"唔……嗯……"

B

窗外的阳光已彻底消失,房间里一片黑暗。

多亏 Siri 帮忙打通了富田的电话,他现在应该正赶过来。

可是,这里究竟是什么地方?

麻美记不起是如何到这里来的了。她不时能听见鸟兽的声音,但听不到人类的动静,因此可以推测这里应该是深山。就算富田能想办法找到这个地方,过来救她,也不知道是他先赶到,还是浦野先回来。

传来开门声。

"富田君？"

由于太希望来人是富田君，麻美忍不住喊了一声。

"麻美姐，你给富田先生打电话了吗？"

浦野说着话走了进来。刚才喊的那一声让打电话的事情败露了吗？麻美装作什么都不知道的表情，移开了目光。

浦野把手伸进运动包，取出好几个手机。手机上都套着红色或粉色的各式手机壳，一看就全是女性风格。

"应该是这部吧。"

浦野拿起麻美那个套着碎花壳的手机，拧着她的右手，将拇指按在开始键上。

"不要。"

麻美嘴上虽然这么说，手指却忠实地解开了锁屏。

"等我死了，你就打算一直这样用手机，对不对。所以你当时才推荐我使用指纹认证，对吧？"

"你总算明白过来了？不过我已经做好了备份，就算不这么做，只要将手机恢复初始设置，再把备份拷贝过去就行了。啊，对了，干脆你把密码告诉我吧。因为等麻美姐不在了，我得用这部手机来冒充麻美姐，跟各种人保持联系啊。"

说着，浦野打开了麻美的通话记录。

"我绝对不会把密码告诉你——"

逞强的话还没说完，浦野的巴掌就招呼到脸上来了。

"好痛！"

"麻美姐，你好像还没搞清楚自己的立场啊。"

他冰冷的目光让麻美感到背后一凉。

"我当然知道，不就是被你强暴，然后杀掉吗？"

麻美看向一边，尽量表现出无畏的样子，可声音却明显在颤抖。

"你还是一点都不明白啊。麻美姐接下来要遭受多少痛苦，会死得多惨，全看我的心情啊。区区一个密码，你肯定马上就吐出来了。"

浦野说话时眼中闪着妖异的光芒。

接着麻美被粗暴地按倒在床上，又被翻过来趴着，束缚的双手被抓住。

"最近女人们都爱留漂亮的长指甲，要拔下来可容易了。"

麻美的右手被牢牢按住，食指被强行拉直。紧接着，浦野把折叠刀顶在了指甲下方。

"不要。"

"那请你告诉我，富田先生是要来了吗？"

指尖已被刀子顶得翘了起来，麻美心下慌乱，不知该如何回答。富田会来救她，可富田能找到这个地方吗？

"我、我不知道。我根本不知道这是哪里。"

下一个瞬间，食指传来剧痛。

"真遗憾，我本想花些时间好好享用你的，可是现在看来，时间不多了。"

浦野边说边抓住麻美的黑发拽起来。手脚被缚的麻美不仅无力抵抗，而且时间太久身体已麻木，几乎无法动弹。食指的剧痛使得表情都扭曲了。浦野伸出右手，轻抚麻美裸露的下腹部，把脸埋进去深吸。

"嗯……我终于得到这个身体了。太棒了。麻美姐，我死而无憾。"

麻美挺直身子，一声都不敢出。浦野正沉醉于麻美的身体，忘我地把脸埋进她的下腹部。麻美感受到他粗重的气息喷在皮肤上，恶心的触感顺着下半身蔓延。就在这时，视线越过浦野的头顶，看到了令她难以置信的光景。由于过度震惊，麻美一点声音都发不出来。

"我不会刺你的上半身，只对准下腹部。"

浦野反手握住折叠刀。

"其实我想先尽情享用一番的，可是富田先生要来了，那就没办法了。麻美姐，最开始会有点痛哦。"

他将折叠刀对准麻美的腹部，高高举起。

同时，麻美看着已偷偷溜到浦野身后的富田，用球棒狠狠击中了他的后脑勺。

A

"钥匙在哪里？"

男人被狠狠击中后脑勺，不知昏迷了多久，终于被富田的声音唤回了意识。

"手铐的钥匙在哪里？"

富田边问边搜查男人身上的口袋。男人想撑起身子回答，这才发现双手被捆在身后，无法自由行动。

"没在口袋里，在桌子抽屉里。"

"哪张桌子？"

"放电脑的桌子。"

富田马上拉开抽屉找了起来。

"富田先生，你怎么找到这里来的？"

"利用手机GPS功能。手机被你捡走后，我在电脑里装了软件，可以追踪我和她的手机定位信息。"

男人发现桌上多了一台电脑，是麻美的电脑。之前处理勒索软件时操作过，他一眼就认出来了。

"你报警了吗？"

"打过电话了，警察应该马上就来。"

真的吗？男人琢磨着，就算如此，也并非完全没有机会逃脱。

"富田先生，还有麻美姐，我们做个交易吧？"

"做交易？以你现在的立场，有什么交易可做？"

"我把钥匙给你们，请你们帮我把绳子解开。"

"少啰唆，你想什么呢？！"富田转身揪着男人的领子喊道。

男人歪过头，平静地说："钥匙就在那张桌子里，不过藏得比较好。"

"在哪儿？快告诉我钥匙在哪儿？"

"我会告诉你钥匙在哪儿的，不过，你能先打开放在桌上的电脑看看吗？"

"电脑？"

富田疑惑地看了一眼桌上的两台电脑。

"对，我的电脑里保存了一段特别有意思的视频。我说的交易，就是指那些视频。你先打开电脑，点开桌面上的视频文件看看吧。看完再说愿不愿意做交易。"

"视频？"

"不要。"麻美大叫一声。

"麻美，怎么了？这电脑里有什么视频？"

"富田先生，你只要点开就知道了。"

他跟麻美都被捆着，现在能决定是否打开视频的，只有富田一个人。

"不要！"

看到麻美脸色大变，富田好像察觉到了事情有异。男人也大喊："富田先生，你快点开看看吧！"

"不要！"

"到底是怎么回事？到底是什么视频？"

富田陷入混乱，时间在一点一点流逝，男人只想趁警察来之前逃离这里。

"富田先生，请你点开视频看看，你一定会感兴趣的。放心，如果你们放了我，我会把这个秘密带到坟墓里。到时候富田先生跟麻美姐也当作什么事都没发生过吧，好吗？"

"麻美，这是怎么回事？"

"不要。"麻美已泣不成声。

男人咂了咂嘴，说道："不看视频也行，那帮我解开就好。这样一来，麻美姐也不会受到伤害了。秘密能保住了。然后我会离开这里，绝对不对任何人透露麻美姐的秘密。就这样，我们今后也不会再相见了。"

"麻美，到底怎么回事？"

"等一下……"

麻美已无法思考。一边是放走杀人魔，一边是任由自己的秘密曝光，她真的无法选择。

男人见缝插针地继续劝诱："难以抉择的话就点开视频看看吧，我觉得富田先生也有权利知道那件事。你要是不点开视频，直接让它落入警察手里，可就什么都瞒不住喽。我也会把麻美姐的秘密全都说出来的。麻美姐，你瞒着这件事也不公平吧。富田先生，总而言之，先点开视频看看吧。看过之后说不定就能下定决心了。"

"麻美，怎么办？"富田明显动摇了。

麻美没有回答，而是一直低着头。

"麻美姐，那件事总有一天会曝光的，干脆现在让富田先生看看，不是更好吗？"

麻美别过头，表情罩上了一层阴云。只差一点了，只要再推一把，麻美应该就会同意他点开视频了。

"麻美。"富田看着麻美，可麻美不看他，"这到底是怎么回事，我根本听不懂他在说什么。"富田自言自语似的嘀咕。

"麻美姐好像没什么意见，你就把视频点开看看吧。点开了就全明白了，而且我会马上告诉你钥匙在哪儿。这也是为了你们两位好，等警察来了，视频会被当成证据，还有可能在法庭上公开呢。"

刚才还气愤不已的富田此时也没了精神，得知爱人有隐瞒的秘密，这大大动摇了两人之间的信任。

"时间不多了哦。"男人还在喋喋不休。

"麻美，我可以点开视频看吗？"富田问道。

麻美依旧一言不发地低着头。

"行了，你快看吧。富田先生既然想跟麻美姐结婚，就一定得知道这件事。"

这句话刺到了富田的痛处，他皱起眉，坐到桌边，点开了桌面上的视频。画面上出现了赤裸的男女，看起来就是一段成人影像，随后转为女优的面部特写画面。

"这个 AV 怎么了？"富田奇怪地看着男人。

"可能猛地一看有点认不出来。因为换了发型，还整了容。请你仔细观察一下，不觉得她很像一个人吗？"

富田转头继续凝视画面，过了一会儿突然脸色大变。

"这……难道……"

"嗯。只看脸的话可能看不出来,不过这个AV女优大腿根部的痣,富田先生应该见过很多次了吧。"

富田看向瘫在床上的麻美,刚才给麻美披上了外套,但因为手脚仍被手铐铐住所以下半身什么都没穿。此时她紧紧并着腿,但还是遮不住大腿根部的痣。

"五年前,AV女优渚小百合自杀了,此事曾引起过一阵热议。官方记录上她确实已经死亡,但事实上,你也看到了,拍摄AV的女优却是我们的稻叶麻美女士。"

"这、这是怎么回事?"

"真正的稻叶麻美早就死了,而这个当过AV女优的女人,盗用了稻叶麻美的身份。"男人朝麻美努努嘴,这样说道。

"麻美,这是真的吗?"

麻美依旧一言不发地低着头。

"她的真名叫山本美奈代①。"

"山本?美奈代?"富田看着麻美,口中喃喃道。

男人很清楚富田现在的想法。刚得知这样的真相时,震惊会盖过其他所有感情,但一旦理解了事态,震惊就会慢慢转为轻蔑。

B

"麻美,我可以点开视频吗?"

万事休矣。可这一切都是自己曾犯下的错误,现在可能就是

---

①上文的密码和邮箱都与这个身份相关,"mina"为"美奈","sayuri"为"小百合"。

遭报应的时候吧。

"行了,你快看吧。富田先生既然想跟麻美姐结婚,就一定得知道这件事。"

麻美看到富田走到桌边了,但她无法出声制止,只得一味低着头。

富田终于点开了视频。很快,电脑里就传出年轻女人娇艳的喘息声。

"这个AV怎么了?"

"可能猛地一看有点认不出来。因为换了发型,还整了容。请你仔细观察一下,不觉得她很像一个人吗?"

"这……难道……"

两个男人的声音越飘越远,麻美感到体力不支,意识在渐渐远去。

"嗯。只看脸的话可能看不出来,不过这个AV女优大腿根部的痣,富田先生应该见过很多次了吧。"

麻美感受到两人的视线一齐看向自己,本能地夹紧了双腿,可这样又有什么意义呢?视频已经被看到了,一切都无所谓了。

"五年前,AV女优渚小百合自杀了,此事曾引起过一阵热议。官方记录上她确实已经死亡,但事实上,你也看到了,拍摄AV的女优却是我们的稻叶麻美女士。"

"这、这是怎么回事?"

"真正的稻叶麻美早就死了,而这个当过AV女优的女人,盗用了稻叶麻美的身份。"

"麻美,这是真的吗?"

麻美看向富田,骗人的吧,富田正以这样的表情看过来。对不起,富田君,真的对不起,麻美在心中不断道歉。

"她的真名叫山本美奈代。"

"山本？美奈代？"

富田喃喃了一句。麻美偷偷朝他那边看，富田正一脸震惊，脑子似乎一时转不过来，显得有些呆滞。可是很快，麻美就发现富田脸上渐渐浮现出嫌恶和轻蔑的神情。

泪珠顺着麻美的脸颊滑落。

她不想让富田用那样的眼光看自己，唯独不想让他知道这些事。但现在，她最深的秘密都被他知道了。此时此刻麻美意识到，一切都完了。

"山本美奈代很可怜。AV制作公司的一名员工无意中把她的个人信息放到了博客上，于是她的真实身份一下子就传遍了整个网络。"浦野说道，"不仅朋友，连老家的亲戚都得知了她拍AV的事。据说她的亲妹妹还因为这个丑闻遭人悔婚了。所以，当与她合租的稻叶麻美自杀时，山本美奈代会决定盗用稻叶麻美的身份，也可以理解。"

富田投来的视线像火烧一般。麻美不敢看他的眼睛，却忍不住呜咽出声。

"富田先生，请你不要责怪麻美姐，因为麻美姐也是受害者。没关系，我不会把这件事说出去的。只要富田先生不到处乱说，这事就算了结了。

"可是……如果你把我交给警察，我可就什么都说了。媒体一定会热闹得像过节一样。那样的话，麻美姐这辈子都没法见人了吧。还是说，你把我放了，我会一辈子保守这个秘密。"

富田会如何抉择？麻美脑子里一片混乱。

他会为了守住这个秘密而放走浦野吗？还是把浦野交给警察，任由自己的过去曝光在人前？无论如何，两人之间已彻底完蛋了。麻美惊讶于自己此时更在意的竟是这件事。

麻美听到一阵窸窸窣窣的声音，转头看去，发现富田正一言不发地解开浦野手上的绳子。

"果然还是富田先生识大体。我会把麻美姐的手铐钥匙拿给你的。"

双手获得自由后，浦野按照约定把钥匙拿给了富田。

富田马上向麻美走去，一言不发地帮她解开手上和脚上的束具。一句问候的话都没有，这让麻美感到异常伤心。这一刻她甚至希望浦野把刀刺进了自己下腹部。想到这里，眼泪更停不下来了。

折腾了半天，手铐却迟迟没有解开。

"开那个锁需要一点窍门。"浦野的声音传来，麻美不由得抬起被泪水模糊的双眼，却看到浦野已高高举起了球棒。

"富田君！"

麻美刚开口呼喊，浦野手中的球棒已狠狠击中了富田的后脑勺。富田直挺挺地倒在了麻美身上。

"富田君！没事吧！"

麻美拼命呼喊，富田却没有反应。她又使劲儿挪动被束缚的身体，想把富田晃醒，可他还是没有反应。

浦野扔下球棒，把富田从麻美身上拉开。看着仰面倒在地上的富田，喃喃道："莫非就这样死了？"说着踢了一脚。

富田发出了微弱的呻吟。

"真是的，还是死了省事一点。"浦野说着捡起地上的折叠刀，"先把你杀了，然后再把麻美姐也送上路，请耐心等待哦。"

浦野粗暴地把折叠刀顶在富田的脖子上，却嫌弃似的啐了一口，停顿片刻，转而看向麻美说："真奇怪啊，杀女人的时候我明明那么兴奋,换成男人就毫无感觉了,甚至还有点可怜他。"

"别杀他!既然如此,就把我杀了吧。"

这也是麻美的真实想法。富田知道了那个秘密,她也不想活了。干脆让浦野来上一刀,反倒解脱。

"不行,他已经知道了这么多,我不能让他活下去啊。"

浦野高高举起折叠刀,准备刺向富田的喉咙。就在这个瞬间,房间里突然炸响刺耳的枪声。

"啊!"伴随着麻美的尖叫,窗户玻璃"哗啦"一声被打碎了。

"警察!下一枪可就不是威慑了!"

一个中年男人从正门冲进来,伸直手臂,双手握住手枪,枪口正对着浦野和麻美的方向。

"别过来!"

浦野迅速把麻美拽到身边,并用刀顶住了她的喉咙。

"把刀放下。"

中年男人举着枪对准浦野。脖子向右歪着,持枪的手把脸挡住了,麻美看不清他脸上的表情。

"别过来,你再靠近,我就刺下去了!"

但中年男人并没有被吓住,还是一点一点靠近。麻美能感受到顶住咽喉的刀刃很冰冷。浦野手上加重了力道,麻美感到生疼。

"请立刻放弃抵抗。"中年男人的声音低沉而冷静。

"你不怕我杀了这女的吗!"浦野用沙哑的声音回应道。

手枪和利刃,无论哪个出手更快,麻美都不可能毫发无损。

刀子又向喉头陷入了几分,麻美拼命向后仰。

"我已经杀了好多人了,再多一个也无所谓。"

枪口上下晃动，麻美忍不住闭上了眼睛。

"加贺谷！"

中年男人大喊的瞬间，麻美被人从后面猛地扑倒了。

她的脸狠狠地砸在地面上，但也不在乎疼痛，慌忙扭过身子往后看，只见一个年轻人正跟浦野争夺折叠刀。

"毒岛先生。"年轻人喊了一声，中年男人一脚踹向浦野握刀的手。刀子擦过麻美的身体，飞到了房间深处。年轻人死死缠住浦野，中年男人一把抓住他的手，从口袋里掏出个东西。

"我以谋杀罪嫌疑逮捕你。"

中年男人说完，把手铐扣在了浦野的手上。

C

"女受害人怎么样了？"

"在救护车上呢，好像是面部和右手受了点伤。"

"没什么事就好。"

在毒岛正为如何劝说齐藤本部长同意调查宫本真由的手机定位信息烦恼时，接到了富田的报案，于是二话不说出发到了现场。

"是啊，幸好我们当时决定冲进去。"

"没错，要是再晚一点，恐怕又要多出两名死者了。"

被捕的浦野对杀害宫本真由一事供认不讳，并说她的尸体也被埋在那座山上。警方从他的运动包里共找到十三部手机，毒岛暗想，还好被害人不会再增多了。

"凶手情况怎么样？"

"听说他道了谢。"

"道谢？"

"嗯，谢谢警察把他找到了。说要是警方没有阻止，他还会杀害更多女性。"

雨水不断敲打着警车的前窗，雨刷忙碌地转动着，发出橡胶与玻璃摩擦的声音。

路口的信号灯变为黄色，加贺谷轻踩刹车，同时打开左转向灯。

"唔……调查工作顺利吗？"

"凶手承认已发现的尸体都是他杀的，另外，他还是个技术高超的黑客，除了杀人，还利用网络诈骗获得了不少非法收入。"

"黑客？严格来说应该叫骇客吧。"

"嗯对，骇客。我在想，是不是由于网络犯罪太顺利，他才进一步实施现实犯罪的啊。"

毒岛想起凶手被逮捕时的样子。

"分不清现实和网络了吗？"

"反正凶手是个网络达人。据说他经常通过手机和社交平台彻查被害人相关信息，杀人之后会假装成被害人，继续跟其家人和朋友保持联系。"

一个年轻人打着伞走过了路口。雨刷的摩擦声和转向灯的咔嗒声在车里有规律地回响着。

"难怪我们发现了尸体，却一直没有接到失踪报案啊。不过，光靠邮件、短信伪装成本人，再怎么也有个限度吧。总有一天会败露。"毒岛说道。

"这个人做得非常细致，会把旅行或参加活动的照片发给家人和朋友，还会更新社交平台上的状态。"

"哪儿来的照片啊？"

"据说是用图像编辑软件伪造的。PS之类的，技术高超的话，制作这种合成照片应该很简单。"

"是吗……"

"对，而且他挑选的目标都是独自在东京生活的女孩，一半以上父母已经去世，剩下的也大多跟家人关系不太好，不常联系。"

"他的话，想调查这类信息应该易如反掌吧。"

"是啊，毕竟是骇客。之后他会以假期外出或到海外留学等为借口，渐渐不再与家人联系。这是他的惯用手段。从外地来东京打拼的女性也都存在这种倾向。"

人行道上的信号灯开始闪烁，几个打伞的女高中生叽叽喳喳地跑了过去。

加贺谷继续道："另外，超过半数的被害者从事色情行业，陪酒女或应召女郎。这类女性，就算失踪，也不会马上有人来找，其中很多人的家庭环境还十分复杂。"

"不过，他是怎么找到这么多这类女性的？"

"也是靠社交平台。现如今，陪酒女和应召女郎通常会通过社交平台或博客招揽生意，他既可以借此认识她们，还能把她们的个人信息彻查到底，这对一个天才黑客来说，太简单了。而且，只要给钱，这些女孩都会同意见面。"

"不是黑客，是骇客。唉，女孩子们努力经营，到头来反倒把自己给害了啊。"

"据凶手称，一开始他只是想抓住她们的弱点恐吓一番，后来无法自控，行为渐渐升级，最后演变成了杀人。"

"结果一杀就停不下来了。"

"是的。最后他不再拘泥于色情行业的女孩，开始在网上寻找自己喜欢的女性。据说他挑选的条件之一是，要有一头又黑又长的头发。"

人行道上的信号灯转红，前方白车的刹车灯熄灭了。不一会儿，路口信号灯变绿，前车开始缓缓移动。

"山上发现的那几具遗体，凶手都承认了犯罪事实。现在要继续调查其他疑点。"

"已知的杀人案件就有六起，再加上两起未遂。"

"他还通过网络诈骗到不少钱。我听说保守估计不下一个亿。"

"这起案子调查起来会相当混乱啊。起诉可能也会延期。"

加贺谷轻踩油门，车子缓缓开动。左转后逐渐提速，惯性把毒岛的身体按在了椅背上。

"哦对，有一件麻烦事，凶手还没交代自己的真实姓名呢。"

"还不知道他的真实姓名？"

"对，波多野淳史是假名，浦野善治好像也不是真名。另外查出他有一百多份假驾照，好像长期假冒成别人，连他自己都不记得本来叫什么了。"

"怎么可能？是他咬死不说吧。"

"毒岛先生，不知道姓名的情况下能开庭吗？"

"可以啊，以前有匿名者因偷窃罪入狱的。只不过好像还没有匿名者被判死刑的例子。"

"唔……"

毒岛看向窗外，雨又大了几分。

B

是怎么变成这样的呢？

离开那家黑心企业后，生活眼瞅着越来越窘迫。可即便如此，在大街上被AV星探搭话时，她也不该相信"大家都在做""绝对不会露馅"这样的话啊！在合同上签了名之后，就必须马上拍成作品，因为高额违约金让她无法后悔。

不过，她已做好了心理准备。

"你要是去了东京，除了学费，我一分钱都不会出的。"

早在她最讨厌的母亲说出这句话前，她就已经决定，去东京以后要靠自己赚钱生活。事实上，读书时她就做过些不太正规的兼职。只是她万万没想到，AV公司竟会不慎在网上公开了自己的真名。老家那边因此与她彻底断了联系，也免不了被以前的朋友指指点点，那段时间她好几次差点儿自杀。

跟她同住的麻美当然知道这些烦恼。

而麻美也有自己的烦恼。麻美患有严重的抑郁症，无法工作，不得不在小型借贷公司借钱治病，从此便陷入不幸的深渊。

拍摄AV一事曝光后，在中伤和辱骂的狂风暴雨中，她一度不堪重负，还将愤怒发泄在麻美身上。麻美每次都会不断对她说"对不起"。

有一天，麻美消失了，只留下一封信，信上压着手机。

"请你替我活下去。麻美。"信上只有这么一句话。

麻美平时很少出门，她越想越担心，正打算报警，没想到警察先打电话过来了。

"您好，您认识山本美奈代女士吗？她跳轨自杀了，请您马上到警署来一趟，确认她的身份。"

如果自己跳轨自杀了，怎么还能在这里接电话呢？她带着不好的预感，来到电话里指定的警署，走进停尸间，看到了麻美面目全非的遗体。

警察对她说，麻美留下了一封遗书，跳下了铁轨。

"活着实在太累了。各位,感谢你们的关怀。永别了。我的后事请交给稻叶麻美处理。山本美奈代。"遗书上写着这样的内容。

警察还在麻美的包里找到了属于她的,山本美奈代的健康证。

遗体损伤严重,连她都几乎认不出那是麻美了。不过身上的衣服正是麻美最喜欢的连衣裙,只能通过那条连衣裙证明那不是她,而是麻美。

奇怪的还有头发。麻美在自杀前去美发店把引以为傲的黑色长发剪成跟她一样的长度,还染成了跟她一样的浅褐色。

发现这一点后,她下定了决心。要用这一辈子来接受麻美舍命留下的礼物。

"死者确定是跟您合租的山本美奈代小姐,对吧?"

面对警察的问题,她明确地回答:"是。"

就这样,山本美奈代的"尸检报告"很快就完成了。警方也联系了美奈代的老家,但果不其然,没人过来。最终她拿着尸检报告,以同住人的身份去开了死亡证明,一切顺利,没有遇到任何问题。然后她把骨灰寄回了麻美的老家,那边什么也没多说,收下了。

之后她做了几次整形手术,慢慢变成稻叶麻美的样子,并把头发留长,染成黑色——那是麻美的标志性发型。十年没见的武井都没发现是她顶替了麻美。

她认为,剩下的只需静待时间来解决。

再过五年,就不会有人记得渚小百合这个名字了。日本每年有几千个AV女优出道,也有无数女优消失在人们的视野中。再过五年,说不定当过AV女优这种事已经不算丑闻了,毕竟现在，陪酒女也是女孩子们所憧憬的职业之一。

麻美思考着出院后该怎么办？

干脆搬到别的城市去，再找一份工作吧。或是在东京换一家劳务派遣公司挂名。藏木于林，住在大城市里，反倒能隐身于人群中，安安静静地生活。

警察到医院询问过案情，但没有调查她的户籍。要是被查出来，那可是伪造官方文件罪，甚至可能被以诈骗罪论处。不过浦野好像遵守了约定，没有提起这件事。

案发之后她就没跟富田见过面。

他已经知道了那个秘密，自然不可能还像以前那样对待她。武井那边呢，还是不联系为好，剩下的问题就是如何向加奈子解释了。

被警方解救后，备受打击的她脑中曾闪过自杀的念头。可后来她又想，要自杀早就该自杀了，现在自杀，又有什么脸面到那个世界去见真正的稻叶麻美？

医院的自动门开启，外面下着大雨。

门口停着一辆出租车，麻美不小心跟司机对上了视线。可现在必须尽量节省不必要的支出，于是她决定走去车站。麻美慌忙打开从医院里的便利店买来的塑料雨伞，但黑发还是被雨水打湿了一些。

雨水打在塑料伞面上，响起哗哗声。

麻美小心翼翼地迈出一步，担心雨水将高跟鞋打湿。

这时，手机震了一下。

麻美站定，有些忐忑地拿出手机，是富田发来的Line信息。上面只有短短一句话：

"麻美,要不要换个新户籍,跟我重新开始人生?"
泪水不受控制地滑落。

参考文献

《暗网》萌芽安全组织,文春新书,二〇一六年

《黑客的手段:从社交到网络攻击》冈嶋裕史,PHP新书,二〇一二年

《保护钱财与个人信息!网络防身术入门》守屋英一,朝日新书,二〇一四年

《脸书很危险》守屋英一,文春新书,二〇一二年

《毁灭人生:手机、网络问题》久保田裕、小梶里美,双叶社,二〇一四年

《警察隐瞒的真相:曝光电子监测系统》浜岛望,技术与人类,一九九八年

《FBI心理分析官——逼近异质凶犯真实面貌的惊人手记》罗伯特·K.莱斯勒、汤姆·夏特曼著,相原真理子译,早川文库NF,二〇〇〇年

《侧写——犯罪心理分析入门》罗纳德·M.霍姆斯、史蒂文·T.霍姆斯著,影山任佐监译,日本评论社,一九九七年

SUMAHOWO OTOSHITA DAKENANONI
By Akira Shiga
Copyright © by Akira Shiga 2017
Original Japanese edition published by Takarajimasha, Inc.
Simplified Chinese translation rights arranged with Takarajimasha, Inc. through East West Culture & Media Co., Ltd., Tokyo Japan.
Simplified Chinese translation rights © 2019 by New Star Press Co., Ltd., Beijing China.
著作版权合同登记号：01-2018-8871

图书在版编目（CIP）数据

只是丢了手机而已/（日）志驾晃著；吕灵芝译．——北京：新星出版社，2019.8
ISBN 978-7-5133-3582-9

Ⅰ.①只… Ⅱ.①志… ②吕… Ⅲ.①长篇小说-日本-现代 Ⅳ.① I313.45

中国版本图书馆 CIP 数据核字（2019）第 091984 号

午夜文库　谢刚 主持

只是丢了手机而已

（日）志驾晃 著；吕灵芝 译

责任编辑：王　欢
特约编辑：赵笑笑
责任校对：刘　义
责任印制：李珊珊
装帧设计：broussaille私制

出版发行：新星出版社
出 版 人：马汝军
社　　址：北京市西城区车公庄大街丙3号楼　100044
网　　址：www.newstarpress.com
电　　话：010-88310888
传　　真：010-65270449
法律顾问：北京市岳成律师事务所

读者服务：010-88310811　service@newstarpress.com
邮购地址：北京市西城区车公庄大街丙3号楼　100044

印　　刷：三河市文通印刷包装有限公司
开　　本：910mm×1230mm　1/32
印　　张：7.75
字　　数：173千字
版　　次：2019年8月第一版　2019年8月第一次印刷
书　　号：ISBN 978-7-5133-3582-9
定　　价：48.00元

版权专有，侵权必究；如有质量问题，请与印刷厂联系调换。